mc Melhores Contos

Ary Quintella

Direção de Edla van Steen

mc Melhores Contos

Ary Quintella

Seleção de
Monica Rector

São Paulo
2010

global
EDITORA

© Espólio de Ary Quintella, 2005
Direitos cedidos por Solombra – Agência Literária (solombra@solombra.com.br)

1ª Edição, Global Editora, São Paulo 2010

Diretor-Editorial
JEFFERSON L. ALVES

Gerente de Produção
FLÁVIO SAMUEL

Coordenadora-Editorial
DIDA BESSANA

Assistentes-Editoriais
ALESSANDRA BIRAL
JOÃO REYNALDO DE PAIVA

Revisão
LUCIANA CHAGAS

Projeto de Capa
RICARDO VAN STEEN (TEMPO DESIGN)

Editoração Eletrônica
ANTONIO SILVIO LOPES

Dados Internacionais de Catalogação na Publicação (CIP)
(Câmara Brasileira do Livro, SP, Brasil)

Quintella, Ary, 1933-1999.
  Melhores contos Ary Quintella / Edla van Steen (direção). Monica Rector (seleção e prefácio). – 1ª ed. – São Paulo : Global, 2010. (Coleção Melhores Contos).

  Bibliografia,
  ISBN 978-85-260-1469-5

  1. Contos brasileiros. I. Steen, Edla van. – II. Rector, Monica. III. Título. IV. Série.

10-01756   CDD-869.93

Índices para catálogo sistemático:
1. Contos : Literatura brasileira   869.93

Direitos Reservados
GLOBAL EDITORA E
DISTRIBUIDORA LTDA.
Rua Pirapitingui, 111 – Liberdade
CEP 01508-020 – São Paulo – SP
Tel.: (11) 3277-7999 – Fax: (11) 3277-8141
e-mail: global@globaleditora.com.br
www.globaleditora.com.br

Obra atualizada conforme o
Novo Acordo Ortográfico da Língua Portuguesa

Colabore com a produção científica e cultural.
Proibida a reprodução total ou parcial desta obra
sem a autorização dos editores.

Nº de Catálogo: **2669**

INTRODUÇÃO

Ary Quintella: um certo escritor intranquilo que combateu o bom combate

Ary Quintella deixou-nos uma obra literária variada e vibrante, ainda que pouco descoberta pela crítica. Além de comentários e resenhas, poucos artigos foram escritos sobre sua obra.[1] Queremos, com esta introdução, fazer uma homenagem póstuma ao autor, na esperança de que outros trabalhos críticos possam surgir.

Esta introdução abordará alguns aspectos temáticos importantes, bem como o estilo do autor, e dará uma sinopse dos principais livros de Ary Quintella.

Espaço geográfico

Ary perambulou mundo afora tanto física como imaginativamente. Mas é o Rio de Janeiro que ocupa um espaço especial em sua escrita e em sua alma. Presente em sua obra está sempre o espaço carioca, o bairro da Tijuca, na zona norte do Rio de Janeiro, lugar em que atualmente vive a classe média e no qual se insere o Colégio Militar (CM), que naquela época era considerado uma escola brilhante. "No fundo, o CM era uma universidade de coisas gerais. Em

---

[1] Encontramos apenas um artigo sobre o autor: SIMÕES, Cleide. "Três romances históricos em alto estilo". *Suplemento Literário de Minas Gerais* 24. 1963 (1991): 8-9.

todas as áreas, literalmente" (21.03.1997).[2] "Quem frequentava o CM era a 'elite intelectual dum Brasil que não mais existe'" (04.03.1997). Perto, havia o Instituto de Educação, o colégio feminino que formava as normalistas, professoras de primário.

Destacam-se mais dois espaços na Tijuca: o Morro da Babilônia e a rua Aristides Lobo, onde o episódio mais marcante de *Biba* desenrola-se. Segundo o autor, parte do morro fica encravado dentro do CM, "precisamente no Recreio Coberto, área gigantesca, coberta, onde os alunos do CM teriam a hora do recreio" (26.02.1997). Ainda em *Biba*, completa o cenário a Ilha de Paquetá como local de encantamento. Já em *Alemão*, a ação está centralizada num apartamento da zona sul do Rio de Janeiro, em Ipanema, onde Ary residiu nos anos em que se dedicou à escrita. Desde a rua Bulhões de Carvalho, onde morava, descia de Copacabana ao Leblon, parando em bares/restaurantes de sua preferência, como o Nino's e o Real Astória, que lhe inspiraram contos e crônicas.

Como Machado de Assis percorria as ruas do Rio, Ary o faz a partir de outra perspectiva, mais localizada. O autor confirma que "tal foi, mesmo, o objetivo do livro [refere-se aqui a *Biba*]. Lembre-se, sou carioca. Quantos há, hoje em dia? Carlinhos Lyra diz que são pouquíssimos. E eu digo o mesmo" (04.03.1997). Para Ary, o Rio fazia parte de sua pele, ele aspirava e respirava sua cidade e deixou a imagem dela gravada em sua obra.

---

2   As datas indicadas correspondem a cartas/e-mails do próprio autor e que estão em nosso poder. Ary participou de um *netseminar* sobre o conto brasileiro com meus alunos na University of North Carolina, em Chapel Hill, em 1997. As informações entre aspas são provenientes dos e-mails que Ary Quintella enviava como resposta ou complemento às discussões.

Época histórica

A obra de Ary fala do Brasil à época em que compôs seus livros, que vai, digamos, dos anos 1940 aos 1970. Algumas datas são mais marcadas. Em *Biba*, estamos na década de 1940. A partir de 1930, impera no Brasil o espírito republicano, com a subida ao governo de Getúlio Vargas, provinciano e positivista – personagem que aparece inúmeras vezes em sua obra. Diz Ary, "provinciano porque era de Missões, de São Borja, fronteira com a Argentina. E fez sua carreira no Rio Grande do Sul, orientado pelas ideias de Júlio de Castilhos e Borges de Medeiros, a quem, eventualmente, substituiu na presidência do Rio Grande do Sul (RS). O RS não tinha governador, tinha presidente, como Minas Gerais" (26.02.1997) [os governadores recebiam o tratamento de "presidente" na época].

Ary fez questão de contextualizar sua escrita, especialmente com relação aos dados fornecidos a seguir. Assim pontifica o escritor Ary Quintella. Júlio de Castilhos, primeiro "presidente" do Rio Grande do Sul, foi o responsável pela segunda Constituição brasileira (a primeira é de 1824), aprovada a 14 de julho de 1891, em homenagem à França. A base filosófica foi positivista, da qual ainda restam as palavras "Ordem e Progresso" na bandeira do Brasil. A ordem é organizar a sociedade cientificamente, com base nos princípios estabelecidos pelas ciências positivas que, para Augusto Comte (criador do Positivismo), tinham a seguinte ordenação hierárquica: matemática, astronomia, física, química, biologia e sociologia. Tomando sempre por base a ciência anterior, atinge-se cada vez um nível maior de complexidade. No Positivismo, valoriza-se o método empirista e quantitativo; é válido o que é verificado pela experiência. Comte influenciou o trabalho de Miguel Lemos e Teixeira Mendes e o ideal político de Benjamin Constant, considerado o fundador da República. Constant remodelou o sistema de ensino no fim do século passado, baseando-se justamente nesses princípios filosóficos positivistas. Raimundo Teixeira Mendes elaborou um projeto de regulamentação do trabalho, com medidas consideradas avançadas para a época. Portanto, outra consequência foi a implantação da legislação trabalhista, ainda hoje em vigor, sob a tutela do Estado. Com Vargas foi criado o Ministério do Trabalho, Indústria e Comércio. Diz Ary: "O Positivismo no Brasil foi autocrático e reacionário e foi a origem da ditadura de Vargas" (12.03.1997). E continua: "Essa brincadeira dos gaúchos até hoje ainda marca o país, com seus monopólios, seu aspecto geral de estância" (13.03.1997).[3]

Outra figura histórica, que aparece em *Biba*, é d. Santinha, esposa do Marechal Dutra, presidente do Brasil (de 1946 a 1951), após o primeiro governo de Getúlio. Diz Ary: "pesava cerca de 150 quilos, feia de derrear qualquer desejo e, diziam, burra para valer" (25.02.1997). Para exemplificar, o texto diz: "Dona Santinha, mulher do futuro presidente da República, sabia: comunistas almoçavam criancinha". Foi ela, influenciando o marido, a responsável pelo fechamento dos cassinos no país.

Àquela época, o Brasil era pouco desenvolvido, e os recursos eram parcos. A situação econômica era instável. Havia "poucos hotéis confortáveis" (*Biba*) e poucos habitantes, em torno de 45 milhões, em contraste com os cerca de 195 milhões atuais. De luxo só havia um hotel no Rio de Janeiro, o Copacabana Palace, em plena avenida Atlântica, com o seu Golden Room, onde a classe alta jantava e exibia-se, o qual ainda existe, como símbolo de uma época. O outro hotel, construído posteriormente, é o Quitandinha, em Petrópolis, antigo cassino e lugar de veraneio *for the few and beautiful.*

---

[3] Este assunto é abordado por Fernando Henrique Cardoso em sua tese de doutorado, *Capitalismo e escravidão no Brasil meridional*: o negro na sociedade escravocrata do Rio Grande do Sul (Rio de Janeiro: Paz e Terra, 1977).

Também fazem parte das histórias de Ary os costumes sociais, muitos dos quais parecem "bregas" ou antiquados para a geração atual. Tomava-se cerveja acompanhada de um copinho de Steinhäger ou, então, Pernod. Assistia-se a filmes como *Blow-up*. Antonioni estava na "crista da onda". Fumava--se, e muito: era chique e mostrava bom gosto e charme. As mulheres enfeitavam-se e usavam muita maquiagem; o esmalte Peggy Sage estava na moda. Ary registrou esses costumes, que um dia poderão servir de documento histórico.

A juventude dourada e a influência francesa e norte--americana.

Várias das obras do autor abordam a juventude dos anos 1940-1950. Era a juventude dourada. Para Ary "a *jeunesse dorée*, apesar de ser rótulo que lembra mimo, filhinho do papai, filhinha da mamãe etc., significa fatia social com uma série de obrigações, tais como: estudar, ler, ter opinião própria, tomar banho, usar desodorante, coisas assim, que não firam exatamente terceiros" (26.02.1997). Portanto, era uma juventude até certo ponto mimada, mas responsável e respeitosa, descendente de pais que lutaram financeiramente para poder dar aos filhos o que tinham naquele momento. Muitas jovens eram "babantes de farda" (*Biba*), ou seja, a farda militar atraía as jovens casamenteiras, e era o sonho dourado da mãe ver sua filha casada com um fardado do CM ou da Academia Militar das Agulhas Negras (em Resende, no interior fluminense). Coloquialmente, chamava-se "miséria dourada" a união de um aluno do CM e uma jovem do Instituto de Educação, pois, além do amor, dinheiro ainda não havia.

A expressão *jeunesse dorée* é usada em francês porque, naquela época, essa era a língua diplomática e considerada a segunda língua, por ser linguagem de gente culta e polida. "O sujeito culto vestia roupa cinzenta, morava num subúrbio, tinha a foto da mulher e dos filhos em cima da mesa de trabalho e um cachorro, personagem importante e fundamental na vida dele. Ao mesmo tempo, fumava, bebia *rye* [uísque de centeio], falava pouco e com o canto da boca, tinha problemas gravíssimos com os pais, e era extremamente gentil com as mulheres" (14.03.1997).

A influência francesa fazia-se presente em tudo: na música (*les vieilles chansons parisiennes*, 04.03.1997), na pintura e na arquitetura. O Brasil respirava a Europa e, sobretudo, a França, literalmente, por meio do perfume *Fleur de Rocaille* (*Biba*).

Ary lastima a perda dessa influência francesa e a massificação da cultura brasileira pela norte-americana. Além da influência portuguesa, o Brasil teve contato com os franceses desde o século XVI, com Villegaignon, que fez uma tentativa de conquistar o Rio. Com ele, veio Jean de Léry (1534-1611), que tentou fundar a "França Antártica" e nos deixou uma das primeiras crônicas de viagem sobre os hábitos dos índios e as dissensões internas entre os huguenotes. Mais tarde, em 1808, houve a mudança da capital do império português de Lisboa para o Brasil, devido à invasão de Lisboa pelas tropas francesas, comandadas por Junot. O futuro rei D. João VI convidou uma "missão francesa", em 1822, para vir ao Brasil com o objetivo expresso de inseminar o país culturalmente. É o momento no qual se destacam Rugendas, Debret, Taunay, entre outros. No século XIX, temos ainda o pintor François-Auguste Biard, o historiador Ferdinand Denis e o botânico Auguste de Saint-Hilaire (15.03.1997).

A partir do século XIX, a influência francesa foi constante. Isso muda, no entanto, perto de 1960, quando a cultura norte-americana inunda o mundo inteiro. Atualmente, no século XXI, há uma tentativa por parte da França de tentar reconquistar sua influência, que foi perdida para a cultura norte-americana. Em 1997, o presidente Chirac esteve no Rio, inaugurando uma exposição de Monet, no Museu Nacional de Belas Artes. "A França está voltando ao Brasil. Menos mal. Até uma estatal daqui, a Light, foi vendida a franceses, a uma estatal francesa, no que está sendo denominado de 'privatização'" (14.03.1997).

Com o fim do tempo áureo de Getúlio Vargas e após a Segunda Guerra Mundial, a influência norte-americana no Brasil passa a ser esmagadora. Até os anos 1980, o francês ainda é estudado ao lado do inglês. Na década de 1990, o inglês passa a ser a língua estrangeira predominante, e poucas escolas continuam oferecendo o francês como parte de seu currículo. Em 1997, o francês é abolido do exame do Instituto Rio Branco, o Itamaraty, a escola diplomática do país.

Os norte-americanos cedo perceberam que cultura significa abertura de mercados. O problema, como diz Ary, é que "nós 'pegamos' o lixo do que os norte-americanos atiraram no mundo, ficamos sem cultura, não lemos, a AIDS grassa solta, e demos um grande salto para trás, em todas as áreas" (14.03.1997).

Na década de 1940, já temos a contribuição de produtos como o Ovomaltine (*Biba*), e o cigarro Hollywood. Estes produtos começam a substituir o Chocolate Lacta e o cigarro Yolanda. O autor trabalha em *Biba* os signos da época. Na música, há a influência de Glenn Miller e Frank Sinatra – era a época dos grandes conjuntos dançantes. Surgiram os *dancings* (lugares para dançar), onde as damas, as *dancing-girls*, dançavam por "capim" (dinheiro).

Todas estas pinceladas compõem um retrato extinto de uma época e de um lugar que era o paraíso terrestre por sua beleza e vitalidade cênica e linguística: o Rio de Janeiro. Ser carioca era um estado de graça. *Carpe diem*, aproveite seu dia, diz o autor, porque o passado não se recupera, só pela escrita, e esta já tem outro sabor.

Adolescência e sexualidade

A narrativa de várias obras de Ary trata de personagens que desabrocham na adolescência, descobrindo seu corpo e o sexo. Em *Biba*, destaca-se a convivência de jovens em grupos; em *Alemão*, o personagem vive no ambiente familiar com poucos amigos, mais solitário e introspectivo, tentando achar-se a si mesmo.

Este período da adolescência caracteriza-se pelo convívio com colegas do mesmo sexo, passando por um processo gradual de socialização. Os grupos que se formam extravasam suas fantasias sexuais, verbalizando anseios e questionamentos. Nessa idade, a vontade do encontro sexual é uma busca afetiva, espontânea e dotada de certa pureza. Os jovens logo adquirem consciência sobre o poder da sedução; o sexo feminino responde mais a estímulos emocionais enquanto o masculino procura afirmar sua potência viril.

Essa é fase inicial, seguida de outra em que os desencontros e as experimentações sexuais têm lugar. As paixões são rápidas e descontínuas, o sexo é apenas um jogo de prazer do aqui e agora.

Na obra de Ary, a adolescência apresenta-se como o período das mudanças orgânicas, cognitivas e sociais. O adolescente descobre um mundo novo, e a vida passa a ter outra dimensão dentro e fora de si mesmo. A essa descoberta aliam-se a frustração e as dificuldades do relacionamento afetivo. Essas vivências, contraditórias e angustiantes, permitem o crescimento do jovem e sua inserção na sociedade.

O próprio corpo é um espaço estranho. O novo corpo, que o adolescente passa a adquirir, tem que ser percebido, aprendido e assimilado. A autoimagem é um signo flutuante nessa etapa em que o jovem vê um corpo já modificado, mas ainda em processo de maiores mudanças. É um período de crise, como a própria etimologia da palavra adolescente revela: *ad* (para a frente) e *dolescere* (crescer com dores). E a palavra crise, do radical grego *krinen*, significa basicamente "uma separação de caráter brusco e duradouro". As situações novas representam uma ameaça ou uma perda. Essas questões emocionais são decisivas na formação da identidade do adolescente. Há uma quebra com a relação idealizada com os pais, e essa idealização passa para a turma, inicialmente com indivíduos do mesmo sexo e posteriormente com outros do sexo contrário.

O principal nessa fase da adolescência é a descoberta da sexualidade. Essa descoberta é de fato uma re-descoberta porque, como diria Michel Foucault, primeiramente toma-se consciência da sexualidade, do palpável, que depois passa a ser construída no imaginário. O colégio, ao mesmo tempo em que esclarece o jovem com informações variadas, tenta inseri-lo no sistema ideológico da instituição, que prega a sexualidade com fins reprodutivos. Ou então há a outra tentativa religiosa: a de associar o sexo à sujeira, ao pecado, à imoralidade e, atualmente, à periculosidade da contração de doenças irreversíveis. O jovem vê-se inserido numa contradição: o aspecto informativo e profilático que recebe não se coaduna com o aspecto subjetivo e afetivo da sexualidade que sente. É um segundo momento de crise, psicológica. Só agora, na virada do milênio, o colégio tem tido, entre seus objetivos, o de mexer com preconceitos, ajudar a enfrentar conflitos e esclarecer os conceitos de machismo e feminismo. Quando o jovem pode falar de suas angústias e medos, sem ameaça, abre-se o caminho para encarar a sexualidade com prazer.

O autor trata desses problemas sutilmente, sem explicitá-los, mas colocando seus personagens em situações concretas nas quais vivenciam essas transformações. Em *Alemão*, Ary mostra o despertar sexual de um jovem, que antes só sabia o que era sexo de ouvir dizer. Ao vê-lo representado por um outro (neste caso, um animal, o gato chamado Alemão), dá-se conta das implicações psicológicas que o atormentavam sem explicação. O corpo em transformação atinge sua maturidade, e a busca da identidade finalmente é aplacada. O autor estrutura a construção do texto com a construção da sexualidade, numa interação de sensações: o signo auditivo impera no gato, o signo visual, em Beto, e o cinestésico em Cris. A combinação dessa semiose imprime o ritmo ao texto, que é o próprio ritmo da vida.

Como as obras de Ary Quintella sobre a adolescência situam-se por volta de 1940 e 1950, a norma sexual vigente seria hoje antiquada. Abordando indiretamente o tema da sexualidade, suas obras também se tornam uma contribuição didática.

O gênero literário

Até agora mencionamos que várias obras abordam a adolescência. Mas em que gênero Ary opera?
"Deus acordou numa boa. Bocejou descansadamente e disse, de leve, para São Pedro:
– Legal, né? Virou conto de fada. Ou farda?"
Assim termina a história (*Biba*). Classificá-la é limitá-la. Conto de fada não é. Os adolescentes estão muito mais para adultos do que para crianças. Pode ser, como o trocadilho diz, "um conto de farda". Ainda pode ser considerada como um conjunto de crônicas romanceadas. Perguntado o autor sobre como classificaria sua obra, primeiro diz que prefere tratá-la como romance. Mas não é um romance autobiográfico. E acrescenta: "Prefiro considerar *Biba* uma novela, em parte pela extensão, mas, sobretudo, pelo fato de reunir vários episódios romanceados",[4] e argumenta:
Outra questão engraçada: conto, novela ou romance?
Uns caras inventaram uma classificação em função do tamanho. Para mim, é função do foco narrativo. Um apenas é conto; dois ou três, novela; número infinito de focos: romance. Para minha cabeça, *Biba* é novela. Agora, o que é um romance cronicado? Os livros de Kurt Vonnegut Jr. seriam cronicados? *La pelle*, de Malaparte, seria cronicado? E o velho *Ulysses*, do Joyce? Seria cronicado? A vantagem do romance é

---

4 Mencionei que se tratava de um curso sobre o conto brasileiro, portanto, *Biba* começou como um conto.

que você pode colocar nele exatamente o que você desejar Digressões, citações, e ter até mesmo *plot*. (26.02.1997)

Quanto ao fato de ser uma novela "juvenil", Ary diz ser esta uma classificação de editores e professores brasileiros, que dividem a literatura até certa faixa etária em literatura infantil e depois em literatura juvenil, ou as conjugam em infantojuvenil. "A infantil 'tem de ter' ilustrações coloridas, quantas mais, melhor. A juvenil 'tem de ter' menos ilustrações, que serão em preto e branco. Apenas denominei *Biba* de juvenil, para o respeitável público, porque assim a editora entendeu que o fosse. Juvenil é livro para ser lido por jovens. Em geral, os personagens são jovens por causa da identificação." (18.03.1997)

Realmente, determinar o gênero das obras de Ary é um desafio. Mesmo os que tentam classificá-las ficam num impasse. *Retrospectiva* consta como um livro de contos, ensaios, crônicas?, seguido de um ponto de interrogação. A coletânea do *Jornal de Domingo* diz tratar-se de crônicas, mas, na realidade são contos curtos, de duas páginas, como vários dos contos que aparecem em *Um certo senhor tranquilo*.

O estilo

A linguagem usada por Ary é fragmentada, como a atividade do dia a dia e o ritmo das ações intensas, mas passageiras. São próprios do estilo do autor essa fragmentação sintática e o estilo telegráfico. "Há mudanças abruptas tanto da fala como do pensamento dos personagens, com frases intercaladas dentro do mesmo parágrafo, além de alternância de nomes, apelidos e diminutivos" (12.03.1997).[5]

---

5 Observação de Monica Prata.

Para ele, palavras e sintagmas significam mais do que frases. Equivalem a gestos que ocorrem simultaneamente no tempo e no espaço. Segundo Antonio Houaiss,[6] a aparente "facilidade estilística [do autor] é falsa: é que sua captação quase imediata provém, sobretudo, da sua extrema 'modernidade', de seu coloquialismo escolarizado, de suas frases e períodos curtos, de suas sínteses lapidares e, acima de tudo, dos seus subentendidos (inominavelmente chamados entimemas [silogismos truncados]), que são sugeridos por silêncios, isto é, por vazios, que, se preenchidos verbalmente, seriam pura farofa de gosto induvidoso – porque ruim. Assim, a concisão [...] é requinte para escrevê-los" (24.03.1997).

Portanto, o estilo de Ary é *sui generis*. Nunca usou ninguém como modelo. Autores de sua preferência e que possam indiretamente ter deixado alguma semente são vários e variados: de Hemingway, Malaparte, Kurt Vonnegut a Antonio Tabucchi. Ary também gosta de misturar realidade e ficção propositadamente, como os autores mencionados o fazem. Há um episódio com um coronel em que diz Ary: "o tal coronel era amigo meu e de meu pai, foi herói, homem famoso na história brasileira. Para minha cabeça, foi uma espécie de homenagem a dois homens de quem eu gostava. O coronel, que morreu general, lutou na Itália, na Segunda Guerra Mundial, e o filho foi campeão de salto tríplice. [Se não] fora tal menção no livro, ninguém mais se lembra[ria] de que existiram. Assim é a vida." (18.03.1997)

Para o autor, estilo é emoção. "Se não provocar emoção, não é arte." Ao escrever sobre adolescentes, o autor transmite a confusão mental e sexual dessa faixa etária, "principalmente na época retratada, em que a vazão normal do sexo era preconceituosa, ainda, de todas as maneiras" (12.03.1997).

---

6   Houaiss está comentando o texto *Alemão*, mas suas palavras adaptam-se perfeitamente a *Biba*.

Outro artifício que Ary usa é trabalhar a lentidão do tempo real para descrever a angústia e o tédio da juventude, como no seguinte trecho: "O rapaz sabe que na outra mão está o cigarro, ele sustém o cigarro na outra mão, só para sentir o cheiro, só para que ele não jogue fora um cigarro não fumado, só para evitar o desperdício de um cigarro, só para ocupar a outra mão" (*Combati o bom combate*, 3ª ed., p. 164). O jovem, que ainda está à procura de sua identidade, repete atos reiteradamente para fazer que o vazio passe, e o tempo se preencha.

Ary também lança mão da linguagem em forma de gíria, neologismos, galicismos e anglicismos, além de partículas de apoio e do jargão militar próprios da época. Em *Biba*, para facilitar a compreensão do texto, Ary introduz um glossário como apêndice da obra, em ordem alfabética. Por exemplo:

alamares – cordões grossos entrelaçados, presos à túnica e ao ombro, nos uniformes militares;

barrasco – viril, macho;

cacilds! – caramba! (eufemismo para cacete);

c'est la vie – é a vida;

coldstream guards – regimento de elite, da guarda dos monarcas ingleses.

Esse glossário permite um estudo à parte, pela riqueza de elementos linguísticos nele contida.

Diz Ary: "Descobri que escrever também é processo de fuga. Autoanálise? Eficiente quando se quer falar português e não se tem com quem. Prefácio de Fernando Sabino: *o homem, apesar de jovem, é só*. É! Quando se pode ser mais solitário que na juventude? À angústia desesperante do fazer-se, junta-se a irritação do 'ter de não fazer': para vencer-se ou realizar-se" (*Combati o bom combate*, 3ª ed.).

Talvez essa fuga e essa angústia na escrita de Ary repitam um traço de sua personalidade, o que em psicologia viria a ser uma dissociação comportamental. Como amigo, nunca se sabia o que esperar dele. Por exemplo, ele marcava um en-

contro em sua residência na Bulhões de Carvalho, lugar acessível a qualquer bar e restaurante de Copacabana e Leblon, bastavam alguns passos. Um dia, ao chegar lá, sua "secretária" Marta, personagem em inúmeras obras, simplesmente diz:
– Ele saiu.
– Mas como?
– Não sei, fulano passou por aqui, e eles saíram.
– Não deixou recado?
– Não.
Passado um ou dois dias, ele telefonou, como se nada houvesse acontecido. Ao ser questionado, simplesmente mudou de assunto, como se o episódio nunca tivesse ocorrido. Assim é sua escrita. Às vezes está narrando um fato, e passa a outro sem explicação, deixando o leitor suspenso no ar até recuperar o fio da meada.[7]

Em psicologia, a dissociação comportamental refere-se a um estado de compensação mental no qual certos pensamentos, emoções, sensações e/ou memórias são ocultados, por serem incômodos à mente consciente. Especialistas consideram o comportamento dissociativo um sintoma de ansiedade, também chamado de desordem de ansiedade (*anxiety disorder*). É um estado dissociativo do ego, um *flyaway self*, ou seja, o indivíduo foge de si mesmo – a fuga mencionada pelo próprio Ary.

---

7   O psiquiatra francês *Pierre Janet* (1859-1947) definiu o fenômeno da dissociação no seu livro *L'Automatisme psychologique*. Segundo ele, o papel desse mecanismo é defensivo, surgindo em resposta a um trauma psicológico. Nos últimos anos, vem crescendo a menção à dissociação como uma característica clínica que auxilia no diagnóstico de desordem de estresse pós-traumático, a exemplo do que ocorre com soldados que vão para a guerra e com vítimas de estupro. Talvez a mais conhecida forma de desordem dissociativa é o transtorno dissociativo de identidade, conhecido antigamente como transtorno de múltiplas personalidades.

Metodologia

Em 1997, dei um curso de pós-graduação sobre "O conto brasileiro" na Universidade da Carolina do Norte, em Chapel Hill (EUA). Desejei utilizar uma nova metodologia e, por estarmos na era dos avanços tecnológicos, introduzi o uso do e-mail. Essa experiência foi concretizada porque a turma tinha apenas dez alunos, o que me permitiu fazer uma lista de discussão com o nome *Conto*, contendo os endereços eletrônicos de todos os alunos.

A comunicação com Ary foi intensa e constante. Os e-mails iam e voltavam, às vezes numa discussão diária, autêntico jogo de "pingue-pongue" (26.02.1997). Cada mensagem recebida e enviada era encaminhada para a lista. Os alunos podiam intervir a qualquer momento, e as perguntas não eram direcionadas. Alguns problemas apresentaram-se, do ponto de vista didático: 1) o impacto em corresponder-se com um autor vivo e conhecido produziu inibição em alguns estudantes; 2) o medo de usar o tempo do autor com perguntas não pertinentes ou simplistas; e 3) a falta de um maior conhecimento da obra, pois a análise ainda estava sendo processada, determinando que alguns tivessem receio de participar mais ativamente.

As perguntas enviadas pelos alunos se referiam: 1) à obra, 2) ao autor, e 3) à cultura brasileira. A pergunta mais produtiva foi a referente à cultura brasileira dos anos 1940, tendo em vista que o enredo do primeiro livro analisado, *Biba*, passa-se no Rio de Janeiro, especificamente no bairro da Tijuca, onde está localizado o Colégio Militar, por volta de 1945. Durand,[8] aluno francês mas com domínio do por-

---

8 Alain-Philippe Durand é atualmente professor na University of Rhode Island (EUA), tendo usado este procedimento em seu curso "Non-places in Contemporary French Literature". Diz o autor: "A lot of the students only think of literature as a dead person's work found in the library. Instead they learned that literature pieces are not dead topics.". Disponível em: <www.news.uri.edu/realeases/html/01-1030html> Acesso em: 11.14.2001).

tuguês, sentiu-se mais à vontade, pois Ary dominava perfeitamente a língua francesa, na qual foram formuladas as perguntas. Ambos travaram uma discussão produtiva em torno da influência da cultura francesa no Brasil. Didaticamente, a experiência foi realmente positiva, pois houve: 1) o entusiasmo pela comunicação direta e pela resposta quase instantânea; 2) a possibilidade de verificar dúvidas com o próprio autor; e 3) a interação participativa. Outro problema interessante apresentou-se na elaboração deste estudo. Fatos retidos na "memória" do autor foram reavivados por meio de perguntas por e-mail e mais exemplos e explicações eram por ele fornecidos, contribuindo para o enriquecimento da obra em si e caracterizando a política e a ideologia da época. Elementos dessa discussão são encontrados dentro e fora do texto, abrindo novo campo para análise.

Não se trata de intertextualidade nos termos de Julia Kristeva: "le croisement dans un texte d'énoncés pris à d'autres textes [...], d'énoncés antérieurs ou synchroniques". Tampouco é a intertextualidade em termos de Gérard Genette. Segundo Genette, a intertextualidade pode ser de vários tipos. Por exemplo, a citação (forma explícita) e a alusão (forma menos literal). Como exemplo de alusão em *Biba*, há intertextualidades significativas com *O príncipe*, de Maquiavel, pois o autor aborda o tema da obra maquiavelicamente e, com *A arte da guerra*, de Sun Tzu, que traz táticas de "combate" aplicadas pelos jovens (04.03.1997).

No caso de citação temos uma referência intratextual, aparecendo no corpo do texto, ou extratextual, em epígrafe ou nota de rodapé. O texto principal é o hipertexto que absorve o citado, o hipotexto. Em nosso caso, temos dois hipertextos. Não há absorção, mas um paralelismo ou uma complementação extrínseca. Tampouco se trata de transtextualidade na acepção de Genette, para quem a transtextualidade está constituída pela copresença entre dois ou mais textos: "par une relation de coprésence entre deux ou plusieurs textes, c'est-à-dire, eidétiquement et, le plus souvent, par la présence effective d'une texte dans un autre". O que temos é uma extratextualidade, um texto à parte, mas do mesmo autor. Portanto, ou usamos o mesmo termo e mudamos a acepção, ou teremos que criar um novo termo. Vemos aqui um potencial para desenvolvimento teórico, graças à hipermídia. Há também uma questão ética a ser levada em conta. O e-mail contém a oralidade, é o escrever ao fluir da pena, sem prévia elaboração, nem posteriores retoques, porque não se pretende a literariedade. Usar mais adiante esses dados num texto literário ou ensaístico, como este, implica expor o autor em sua coloquialidade. Como tratar esse assunto? Tem que haver uma permissão prévia do autor? Seria isso autocensura? Cremos que é mais uma questão de idoneidade e responsabilidade ética, mesmo porque o e-mail não é privado; ele é de acesso razoavelmente fácil, como já tem ocorrido em companhias, onde o chefe verifica a propriedade com que o funcionário está usando o correio eletrônico. Por outro lado, o receptor do e-mail pode fazer uso dos textos recebidos de diversas maneiras, utilizando sua liberdade de expressão, e a do outro, conforme julgar conveniente.

Por último, a análise e a interpretação do texto têm autoria coletiva: o autor, eu, os vários alunos que intervieram, pois muitas vezes a pergunta feita ao autor já é análise do texto, e o inquiridor somente devolve a interpretação em forma de pergunta. Optamos por mostrar o texto ao autor para sua consideração. A resposta de Ary foi: "O autor é você. Ponto. Não deve ser necessária tal permissão de quem é entrevistado. *Autrement*, um repórter de jornal teria de pedir permissão a qualquer entrevistado seu pra reproduzir as suas palavras, o que seria verdadeiro desastre" (10.12.1997).

* * *

Biba

Segundo o próprio Ary, *Biba* "trata da ética da amizade no Rio de Janeiro, onde fazer e cumprir e ter amigos são necessidades essenciais, até mesmo vitais. Pois é parte da antiga cultura de ser carioca, habitualmente ignorada por estrangeiros."

A história relata a vida cotidiana de um grupo de alunos do Colégio Militar no Rio de Janeiro, no ano de 1945, período marcado pelo final da Segunda Guerra Mundial e pelo fim do governo de Getúlio Vargas. Relações amorosas, boemia, conflitos, amizades e brigas com os colegas rivais do Colégio Pedro II, e a casa noturna Trinta e Quatro, envolvendo a *dancing-girl*, Biba, que fascinava a garotada. Tudo isso retrata o Rio de Janeiro daquela época, um microuniverso com valores universais. Por meio da gíria, da ironia, dos comentários irreverentes, o leitor desliza pela linguagem que caracteriza aquela época.

Trata-se de um livro do gênero juvenil, uma espécie de romance de aventuras, que tem como temas principais a memória e o relacionamento afetivo e amoroso, em forma de amizade e sexo.

Elementos autobiográficos repetem-se ao longo da obra. Em *Biba*, há a experiência vivida pelo autor como estudante no Colégio Militar e o convívio com os colegas. Não é um "romance" autobiográfico, mas o autor admite que seus personagens têm traços de figuras reais, apesar de serem tão rigorosamente ficcionais. "Gosto muito de fabricar personagens em pessoas de quem gosto" (21.03.1997). Segundo o autor, a personagem Biba é "realmente invenção".

A obra tem o espaço centralizado na vida dos jovens do Colégio Militar, instituição adentro, mesclada com a vida pessoal afora. Esse microcosmo, situado no bairro da Tijuca, expõe um macrocosmo da vida brasileira, sobretudo o da relação dos jovens (machos) entre si, com suas amizades e inimizades, lealdades e deslealdades, e com o "outro", o mundo feminino, que varia entre o amor afetivo e o amor carnal, revelando a sexualidade do adolescente.

Trata-se de uma geração que assiste ao esmaecimento da influência francesa e à substituição do guaraná pela Coca-Cola, mas características da juventude dourada como a "ética da amizade" no Rio de Janeiro, "onde *fazer* e *cumprir* e *ter amigos* são necessidades essenciais, até mesmo vitais", permanecem. "Pois é parte da antiga cultura de ser carioca, habitualmente ignorada por 'estrangeiros'", assim como é "o feijão com arroz e bife de panela" para a sobrevivência diária, e o guaraná para beber e sonho para comer nos intervalos da vida. De quebra, há o cachorro-quente e a célebre cuba libre (rum com Coca-Cola), esta em ocasiões especiais.

O nome *Biba* também é um termo ambíguo. Biba é o codinome da personagem principal da história, foco centralizador da obra. Trata-se da "Senhorita Maria Bernadette. Filha do ministro conselheiro de nossa tradicional embaixada na Argentina", criada num ambiente de luxo inútil, em que a futilidade e a aparência física são os elementos básicos para a sobrevivência da mulher. Mas *biba* significa também homossexual masculino (São Paulo). E a personagem tem às vezes características homossexuais. A ambiguidade de Biba, no entanto, está em aparentar ser uma moça fina, quando o seu comportamento era incompatível com a moral da época. Diz Ary:

Àquela época, uma garota daquele tipo – aliás, bem caracterizado, [...] seria chamada de 'galinha'. A galinha era a antítese da garota 'direita'. A galinha se esfregava com vários rapazes e os masturbava etc., tudo superficial e sem possibilidade de perder a virgindade. Era a menina que ia ao cabeleireiro no sábado à tarde, que tinha um telefone (coisa rara), que pegava carona de carros (coisa rara), que pintava as unhas com Revlon e usava meias francesas de seda (coisa rara). Realmente, parecia um travesti contemporâneo, nessas manifestações externas. A 'direita' era aquela com quem você conversava no portão da casa dela (havia casas), que você levava com o irmãozinho menor no Metro Tijuca para ver 'Escola de Sereias', com o Red Skelton, e depois os portava até a Confeitaria Tijuca para comer coxinha de galinha e tomar um guaraná, sentados, servidos por um garçom de smoking. Confeitaria Tijuca era um verdadeiro palácio, com ar condicionado (ninguém tinha, fora alguns privilegiados). [E é interessante notar que] Biba era da classe dominante, o pai era diplomata, e diplomata naquele tempo era de família rica e influente politicamente. (04.03.1997)

Esses eram os costumes da época, e Ester Williams servia de modelo de beleza para as mulheres, com seu maiô inteiriço – ousado para aquele tempo. Feminismo era palavra desconhecida, e machismo era o conceito vigente e aceito.

Uma moça direita era aquela "a quem damos a mão, de vez em quando, lá na porta de sua casa". Nas festas, era acompanhada pela mãe ou tia, que ficavam conversando na sala paralela àquela em que os jovens conversavam e dançavam. O portão era o local das intimidades verbais. Dentro de casa havia sempre um cicerone à espreita, a pouca distância. Mas este era o tipo ideal para o jovem na hora de casar-se:

"O Cobra [apelido de personagem masculino] quer uma garota que sorria, faça o café, e tenha nojo de transar". Os jovens referiam-se à uma mulher bonita com expressões usuais como "gostosa paca" (paca = muito; abreviação e elisão de *pra caramba*, ou "gostosa pá dedéu".

Apesar de Biba ser a personagem nuclear, há outras mulheres que contrastam com ela. Miriam Milanese Chiovenda é a "típica mulher brasileira pra enfeitar a casa, que não faz nada a não ser jogar 'bridge'" – jogo de gente fina. Havia as "guerreiras", mulheres que lutavam para sobreviver, entre as quais incluem-se as prostitutas e/ou proxenetas (acepção corrente na zona sul do Rio, 26.02.1997), e as "desquitadas", mulheres "desqualificadas, ou melhor, produto de segunda ordem" (04.03.1997).

Desquite era contra a moral da época. Ninguém se desquitava. "Primeiro, era 'feio', segundo, a igreja católica era contrária. O desquite era fórmula jurídica pouco empregada.

Só ricos, membros da classe privilegiada, se desquitavam. A norma era ter uma amante fixa, instalada numa casa, noutro bairro" (04.03.1997). A outra alternativa eram os bordéis. Portanto, o homem dividia-se entre três mulheres: a esposa, a amante e a(s) do bordel. "Havia bordéis encantadores, formidáveis, para milionários, o da rua Alice, por exemplo. Havia os bordéis adequados à classe média, os da Lapa, por exemplo, na rua Conde de Lage, e os populares, no Mangue" (04.03.1997).

Vê-se aqui o comportamento social do homem brasileiro com relação à mulher, dentro do esquema já conhecido – patriarcal e paternal. O homem brasileiro, naquela época, tinha características estereotipadas: mulher para ele era produto de consumo. Parte de seu machismo era não se cuidar fisicamente, donde a abundância das doenças venéreas; (04.03.1997), sobretudo a gonorreia e a sífilis. Proteção não era usada, pois contrariava a varonilidade. Esse comportamento é herança do tempo da escravidão.

O jovem quer aproveitar o momento presente, o *carpe diem*; o amanhã está longe demais e não faz parte de sua realidade. Já que a jovem casadoira não está disponível no momento presente, é substituída por mulheres de vida fácil, como a Mara Haina. Geralmente tinham mais idade, eram "senhoras" e não "brotinhos". Um de seus atos considerado então indecente era beijar em público. Essas senhoras eram uma constante na vida, ou, pelo menos, no pensamento do jovem que não tinha dinheiro para vê-las, a tal ponto que Ary introduz inúmeros sinônimos para designar esse tipo de mulher em seu glossário: *china*, *chinoca*, *chinocão* (mulher de vida fácil, termo usado no Rio Grande do Sul), e seus derivados: *chinaredo* (grupo de chinas), *chinear* (transar com china), *dama da praça Tiradentes* (atriz de teatro rebolado), *dancing-girl* (dançarina profissional), *Mara Haina* (termo árabe) e *mulher-dama* – todas mulheres de fácil acesso.

Mas a juventude mencionada em *Biba* é uma juventude sadia. Ninguém usa droga, ninguém é bêbado, ninguém é homossexual, "os '*staple food*' contemporâneos", segundo o autor. A juventude daquela época era predominantemente bissexual, enfatiza Ary. Praticavam sexo, sexo sadio, mas não havia perversão, nenhuma coisa que pudesse ser considerada não normal (18.03.1997).

Alemão

Usando a linguagem verbal e a não verbal, o garoto Beto e o gato Alemão interagem de tal forma que o leitor às vezes não sabe quem é humano e quem é animal – ambos são "gente". Ambos convivem, crescem, mudam, desejam, amam e odeiam, mas sobrevivem. A irracionalidade de Alemão permite que o bichano siga seus instintos em sua perambulação entre a amizade, a conquista e o amor. Já Beto sofre os medos e a falta de clareza da pré-adolescência masculina. Observando Alemão, Beto descobre que o mundo pode ser mais simples, se deixarmos a natureza operar. Eis que surge uma gata humana na vida de Beto, a Cris, o que permite ao leitor sentir as dificuldades do dia a dia de dois jovens em busca de sua identidade, tendo que lidar com o mundo que os cerca e que nem sempre tem a ver com seus ideais e desejos. O humor e a ironia do autor facilitam as soluções dos problemas.

É uma obra juvenil, de aventura, abordando temas da pré-adolescência, como a descoberta do desejo e do amor, e a consequente conquista. Elementos autobiográficos permeiam a obra. Marta é a empregada (nome de sua empregada na vida real, já mencionada anteriormente), mas, muito mais do que isso, é a guardiã da casa, como Ary a denomina na obra. O apartamento de Beto muito se assemelha àquele em que o autor vivia. Ficava em Ipanema, na rua Bulhões de Carvalho, no andar térreo de um edifício, com janelas para um pátio interno. Pelas grades podia-se ver os bichanos em suas andanças diurnas e ouvir seus gritos e sussurros noturnos.

Antonio Houaiss escreve o seguinte sobre *Alemão:*[9]

A força de sua língua e linguagem é patente neste *Alemão,* que fixa o contraponto na maturação biológica do gato e de Beto, marcados em instantes soberbos que luzem subitâneos na narrativa e oferecem ao leitor [...] a percepção gentil e meiga do que está acontecendo ao gato e ao gaiato, achados de tensa e doce notação que nos deixa em suspenso: que faixa etária é essa dos seus leitores potenciais, aqui? Dez, vinte, trinta, cinquenta, cem anos de idade? O fato é que este texto – em especial – é fonte de uma ambiguidade que eu, setentão, não sei dirimir: sei que saboreei o relato enxuto e sincrônico do despertar erótico dos dois machinhos (e por que não de Cris?), até mesmo no fecho da narração: "Beto jogou parte do lençol em cima dele e sorriu". Sorriu e o que mais? É um Beto leitor (não o Beto lido e contado), o que entendera do belo texto?

Tanto o despertar da sexualidade como a ingenuidade das personagens são focos centrais desta obra, que poderia bem ser uma peça teatral. Desenvolve-se num espaço único, poder-se-ia dizer, no espaço de um apartamento que tem janelas para o pátio do edifício. Há três personagens principais: Alemão, Beto e Cris. Os jovens, ao que tudo indica, são da classe média alta do Rio de Janeiro: nadam em piscina e têm motoristas para apanhá-los. A cidade do Rio é novamente o local em que se desenrola o enredo, mais especificamente a área de Ipanema e do Arpoador, na zona sul, com seus bairros privilegiados. Como personagens secundários, há Marta, a guardiã da casa, e alguns familiares, como o tio Breno.

---

9 Esta deveria ter sido a nota introdutória preparada por Antonio Houaiss, que, no entanto, não foi aproveitada na publicação. E-mail de Ary em 27.03.1997.

O livro está dividido em minicapítulos e, devido ao seu formato (tamanho grande com gravuras), há, às vezes, vários capítulos numa só página.

Alemão é a personagem sobre a qual está centralizada a ação: um gato ruivo, cor de fogo. São retratados seus hábitos de higiene, o cuidado com sua alimentação, o lugar onde os utensílios estão dispostos, seus ruídos como o ronronar, o pátio – lugar de passeio do bichano – e seu crescimento paulatino. A estrutura da obra desenvolve-se como duas histórias paralelas: a do gato e a do(s) jovem(ns). Em cada capítulo, há sempre uma interferência de algum ato, descrição ou menção de qualidade do animal: as fendas dos olhos, a quietude, como se estivesse hipnotizado, e o bocejo.

Naquela época, décadas de 1940 e 1950,[10] não se falava de sexo em casa. Aos catorze anos, Beto recebe um livro sobre o assunto, *Sexo na adolescência*. Sexo não lhe interessa ainda; o jovem até mesmo mostra uma certa aversão ao fato de os adultos só pensarem "nisso". No nível do inconsciente, entretanto, os movimentos do gato fazem "subir um arrepio pela [sua] nuca". Observa o gato continuamente e sente que ele precisa de gata. O leitor não chega a saber qual o conhecimento exato que Beto tem sobre sexo, apesar de discutir com o amigo as "donas legais", que são as "massagistas". Mas Beto expressa seus sentimentos, ou melhor, seu sentido fisiológico. Quando o gato berra UAUUU! NÉÉÉ!, o som produz uma reação física nele: "o frio correu pela base de meu crânio... Senti frio!... Minhas pernas tremiam!" E suava, apesar do frio que sentia. Seria o medo ou a sensação do desconhecido? Os primeiros indícios de desenvolvimento da sexualidade são acompanhados das

---

10 Supomos que *Alemão* contém dados autobiográficos e memórias. Beto tinha catorze anos, e o autor nasceu em 1933, portanto, foi adolescente nas décadas de 1940 e 1950.

primeiras mudanças físicas em Beto. Fios de barba e cravos começam a nascer-lhe, e Cris lhe dá um barbeador elétrico. Isso coincide com o momento em que ele começa a reparar no sexo oposto: "Pensei em passar as mãos naquelas [as de Cris] pernas".

Ao contrário do que ocorre em *Biba*, em que há o convívio grupal dos jovens, Beto é um jovem recluso, que gosta de estar só. Na adolescência, a comunicação entre os familiares e os jovens restringe-se ao básico. O silêncio impera. Quando o tio Breno, cuja companhia aprecia, convida-o para ir às montanhas, em Itaipava, Beto recusa sem explicações. A dedução errônea do tio é que o moço quer ficar por causa da garota (Cris).

Já Cris, uma amiga especial, interessa-se pelo gato como veículo de acesso a Beto. Mas a infantilidade de Cris ao expressar-se com relação ao gato – "Bili, biliu! Ai! A gracinha da mamã!" – causa em Beto arrepios desagradáveis, e ele "se manda". Cris, como é próprio da idade, quer chamar a atenção sobre sua pessoa e o faz com dizeres exibicionistas que causam certo espanto: *"I'm good in bed"*.

Toda a narrativa dá-se através de um paralelismo. De um lado, temos o crescimento e o desenvolvimento sexual do gato; de outro, o de Beto. Intercalando os dois espaços, o leitor toma conhecimento da maturação de Cris. Vejamos:

O gato Alemão

O gato demonstra estar precisando de "gata". Essa descoberta hipnotiza Beto. O gato boceja e solta gritos: UAUUUU! NÉÉÉ. Marta inclusive diz que ele "está na idade", mas Beto não entende a expressão. A sexualidade do gato vai num crescendo de ruídos, guinchos que despertam a todos, como se dois gatos estivessem se matando. O gatinho se havia transformado num gato de verdade. Os miados tornam-se escandalosos e transformam-se em "berraria".

Beto

O som do gato agita Beto, e um frio corre pela base de seu crânio. O calafrio faz que suas pernas tremam e ele sua. Seria medo? Medo do desconhecido, mas sobretudo por não se reconhecer mais. Seu corpo está em mutação, os primeiros fios de barba lhe nascem. Em seguida surgem os "cravos", e as espinhas, que coçam. As pernas se tornam peludas, e Marta recomenda que passe a usar calças compridas. As camisas encolhem. Mulheres começam a chamar-lhe a atenção. Sonha com a vizinha cheirosa. Olha outra mulher atraente no elevador. Os adjetivos começam a dar características da sexualidade que se aguça. Cris, de menina chata, passa a atraí-lo com seu cabelo comprido, a solidez do físico, as pernas queimadas e musculosas, e até o cheiro. Os adjetivos se transformam em sintagmas, e os detalhes são enfatizados.

Cris

A maturação da mulher é anterior à do homem. Cris, que havia reparado na transformação do corpo de Beto, dá-lhe um barbeador elétrico. Ela, por sua parte, "se sacode na carteira". Cris serve apenas de contraponto para Beto.
Esse paralelismo da narrativa funde-se quando Beto vai ao pátio e vê a ação dos dois gatos: "Até que Alemão segurou o cangote do gato preto, corpulento, montando nele". É o momento da epifania para Beto, que finalmente tornara-se adulto pela revelação de um gato: "O que é a vida. As coisas estão aí, na cara da gente e a gente não se dá conta delas". Os ruídos constantes eram de um gato paquerando o outro, e a aflição de quererem se ver. Dá-se conta de que os movimentos de Cris tinham o mesmo objetivo. Ela só queria estar com ele. Beto decide ver Cris, e "até já sabia que roupa vestir" para vê-la.
Usando o modelo psicanalítico de Sigmund Freud, pode-se explicar o comportamento de Beto com referência

ao *ego, id* e *superego*. O *id* refere-se, nessa obra especificamente ao instinto, à sobrevivência e às energias sexuais. São limitações tanto físicas como emocionais, que precisam ser superadas, o que é feito pelo nosso "herói". O *id* corresponde também ao estado infantojuvenil e, em termos de psicologia analítica, é um estágio pessoal e inconsciente. Beto atinge a fase pessoal consciente ao espelhar-se no gato, para conseguir enxergar o outro, nesse caso, a mulher/fêmea.

Titina

Este é mais um livro autobiográfico. Titina é a filha de Ary, a Cristina, adolescente naquela época e que sofria o impacto familiar, sem saber lidar ao certo com a mudança da família do Rio de Janeiro para Brasília, o que implicava perdas e danos afetivos para ela.

Titina é uma jovem da praia de Copacabana. Ela é filha de um pai escritor e de uma mãe diplomata. A narrativa tem lugar no início dos anos 1970, quando sua família (dois irmãos, três jabutis, uma gata, pai, mãe e os amigos dos pais) vê-se forçada a residir em outro local, pela mudança da Capital do Rio de Janeiro para Brasília, e a consequente mudança dos ministérios. Com isso, seu universo desaba.

Em Brasília, cidade sem praia, Titina toma conhecimento do que é a solidão, não só a da cidade, mas a que acontece dentro da própria família. O interessante é que é Ary, pai-escritor-autor-narrador, quem relata a história do ponto de vista da filha. Entra em cena José de Jesus, um bombeiro maranhense, que vive num barracão de madeira perto de uma construção. Ele, com sua natural simplicidade, ensina a Titina muito sobre a vida e sobre o Brasil, enquanto constrói o futuro dele e o do país. O elo construtor entre a família e o bombeiro é a cadela Arusha, que desaparece da casa da família, reaparecendo no barracão, moradia que a cadela escolhe como seu novo lar. Titina, que além de ter a capacidade de amar as pessoas, também ama os animais, conforma-se com o destino. Com esse episódio, ela se torna mais adulta, verificando que, mesmo que a realidade esteja ao seu alcance, ela muda circunstancialmente.

Asdrúbal é o jabuti de Titina; Nefertiti, a gata; Pedrinho, seu grande amigo; e Arusha, sua cadelinha querida. O destino põe à prova a capacidade de Titina ficar longe deles. Asdrúbal ficou no Rio; Pedrinho foi para a Alemanha com o pai; Arusha, como já vimos, foi parar na casa do humilde bombeiro. Ficaram a saudade e as lágrimas, as quais dividiu com Nefertiti, embaixo do cobertor, numa cidade estranha, em silêncio, mas finalmente em uma solitária paz.

Sandra, Sandrinha

Mais uma personagem feminina dá título à obra de Ary. Eduardo Portella, na introdução ("O estilo da cidade"), diz tratar-se de "uma minitragédia dos nossos dias, [...] seu traçado nervoso, sua ampla movimentação existencial. Todos os sentidos da megalópoles estão em alerta: a cor, o odor, o amor, a dor. Sandrinha, a anti-Iracema, a virgem dos lábios de fel, não é apenas um personagem bem recortado, mas a própria eclosão urbana do perigo cotidiano".

Quanto ao estilo, Portella menciona que "a instantaneidade, o estilhaço, o tudo e o nada da cidade foram erigidos em discurso poético, por meio de um contratempo produtivo entre o livro e a rua, o dicionário e a gíria, a língua e a fala, a valorização dos impulsos sinestésicos no trançado dos sentidos, ou a reconvocação da onomatopeia como intérprete da poluição sonora".

Graficamente, o livro é inovador. As páginas são rodapés. Os sons aparecem estilhaçados numa só página:

Zum!
Crash!
Ugh!
Ai!

Ou como versos rimados:

Zum –
Zaravelho opum,
Zarapin zoqué,
O – qué – qué,
Zum!

Até o afago do gato é vocalizado. O texto vem intercalado com um texto de jornal. Epígrafes de Rubem Fonseca e Samuel Rawet aparecem como páginas centrais do texto. Ilustrações permeiam todo o livro. Os subcapítulos entram em forma de diálogos como em uma peça de teatro. Ary literalmente brinca com o texto, introduzindo todas as variações de escrita das quais se lembrou naquele momento. O elemento verbal é intercalado com o vocal e o visual. E, como se não bastasse, o autor tenta transmitir ao leitor as outras sensações de tato, audição, paladar e olfato.

Sandra é caracterizada pelo odor, e as palavras se repetem para plasmar essa sensação: *odor, cheiro, cheirando, cheirando, perfume, cheiro jovem e sadio* – odores agradáveis – até chegar ao "cheiro danado, seu! Como fedem esses cavalos".

Os capítulos também são entremeados de violência, sexo, desregramento e insatisfação. O texto às vezes chega a ser fescenino, lembrando Bocage:

Ó linda dama de verde
Que de longe verdejais,
Deixar pôr, por onde eu mijo,
No por onde vós mijais!

Sandra, Sandrinha choca e encanta, há um pouco de tudo para cada tipo de leitor.

Mamma mia!

Esta obra narra as aventuras de Piero, um menino que reside no Alto da Boa Vista, no Rio de Janeiro, por volta de

1940, época em que o Brasil, governado por Getúlio Vargas, entra na Segunda Guerra Mundial.

Regina Célia Colônia, no artigo introdutório do livro *Pierino vai à luta*, explica que o livro é "a passagem da infância para a adolescência. Quando o herói precisa abrir mão de seus heróis idealizados". Sentindo-se inseguro, usa a palavra mágica *Shazam!* para proteger-se.

Piero/Pierino, filho de imigrantes, está confuso e inseguro entre duas culturas diversas, a italiana e a brasileira, e, ainda por cima, tem uma mãe estranha e misteriosa. Piero adorava a mãe, idealizada por ele, até que a inocência do menino desperta, e ele enxerga outra realidade. A verdade nua e crua é que a mãe realmente não se interessa por ele como devia, o pai está ausente, tio é jogador inveterado em um cassino e o outro tio está preso. Intui o que significa ser imigrante: é não ter a apreciação dos demais e ser visto com desconfiança. No final de sua trajetória, Pierino sente uma liberdade interna, que lhe permite prosseguir na vida. Por isso, para Colônia, Pierino não vai à luta, mas vai à vida.

A escrita de Ary tenta envolver os sentidos e expressá-los de forma verbal, vocal e não verbal. Começa com uma simbiose de sons, o barulho do bonde e o eco da *Quinta sinfonia* de Beethoven. Os personagens vão entrando em cena, como em uma peça de teatro.

O autor faz uma síntese no início de cada capítulo: no primeiro, apresenta os personagens, Piero ou Pierino – o menino solitário; Laura, a Mamma, com personalidade indefinida e exuberante. No segundo capítulo, Pierino passa o feriado de 7 de setembro com a avó e aguenta as confusões da família. Apresenta o presidente Getúlio Vargas e faz sua crítica ao ditador, e a todos os ditadores que já existiram, os quais despreza. O narrador usa uma frase de Jorge Amado: "Os líderes e os heróis são vazios, todos, prepotentes, odiosos e maléficos" (*O menino grapiúna*) para melhor ilustrar seu desdém. No terceiro e último capítulo, Pierino tenta castigar seu tio Gianni, mas não leva o intento até as últimas consequências.

O castigo era contra tudo o que ele tentara pôr na cabeça dos jovens: "temos de ser bons; não se deve fazer mal nem a uma mosca; a pátria é tudo" etc. – rebeldia de adolescência. Os costumes do Rio de Janeiro daquela época, mais uma vez, fazem-se presentes. Diz Cora Rónai (na contracapa do livro):

> No tempo dessa história, ainda havia bondes no Rio de Janeiro – lindos, barulhentos, atravessando o Hotel Avenida em plena Rio Branco; os relógios ainda tinham ponteiros e as pessoas chiques de verdade (é, inclusive usava-se a expressão "chique") moravam na Tijuca, indo de raro em raro visitar os parentes pobres num lugar distante chamado Ipanema, um areal sem tamanho.

Entre outros elementos característicos do Rio daquela época, Ary cita a companhia aérea Vasp, o pintor Volpi, a lanterna Eveready, o V8 – suco de legumes americano, a colônia Lancaster, a loja de sapatos Casa Clark, o locutor de rádio Heron Domingues – o Repórter Esso –, o chocolate Lacta, o chiclete Adams, o sabonete Palmolive, a radionovela *O direito de nascer*, a pianista Madalena Tagliaferro etc. Ary ainda aproveita para ridicularizar Getúlio por meio de inúmeros nomes pelos quais era conhecido: Gegê, doutor Getúlio, o Fascista, o Ditador, o Grande Reacionário. Com todos esses indícios, o leitor pode ter um quadro bastante completo dos valores da época.

Combati o bom combate

A trajetória de Renato, um herói, ou anti-herói, começa em 1939, quando ele tem cerca de oito ou dez anos. Na Tijuca, realiza suas inocentes proezas infantis: "Foi genial. Os ovos. Abrimos a geladeira e roubamos ovos. A gente esbarrava nos camaradas e colocava um ovo no bolso do paletó dos camaradas. Entendeu a jogada?" (3ª ed.). Quando adolescente, descobre o sexo ao olhar o comportamento dos animais e ao iniciar-se em visitas a prostitutas. O cotidiano desenvolve-se na vida do Colégio Militar, perambulando de Ipanema ao Leblon e, às vezes, frequentando uma fazenda em Minas Gerais. Viaja também de Madri a Paris, num vaivém. Vive no seio da classe média, da qual revela as mazelas, depois corre atrás de um gato, faz comentários sobre seu avô silencioso na fazenda e chega à vida adulta. Renato-homem deseja ser escritor e tem que escrever na mesa de jantar, já que não possui mesa de escritório.

Cada capítulo da obra é um conto por si só. Ao longo da narrativa, há inúmeras alusões autobiográficas. Ary foi bolsista em Madri. Usa nomes de pessoas verdadeiras, mas os fatos narrados são fictícios, "seus nomes foram utilizados porque o autor gosta deles, não porque fossem verídicas as circunstâncias descritas nesse romance", como diz o próprio autor.

O título é significativo e mostra esperança:

> *Combati o bom combate,*
> *Terminei minha carreira,*
> *Guardei a fé.* (Epístola de São Paulo a Timóteo, IV, 7)

Era assim que Ary expressava-se sempre que algo importante em sua vida dava ou não dava certo. Dizia: pelo menos, *combati o bom combate*.

Um certo senhor tranquilo

Rachel de Queiroz faz a seguinte referência ao livro:

> Na literatura de Ary Quintella o que tem importância absoluta é o personagem, é a fauna estranha e variada que funciona nas suas histórias pequenas, gente que pode ter qualquer nome e usar qualquer passaporte, porque é gente tão propriamente pessoal que pode

nascer em qualquer canto sem prejuízo de sua identidade. Uma certa identidade intransferível. (Ed. de 1975) Essa frase reproduz a essência da obra. São histórias curtas, com temas variados, com destaque para a morte. Em alguns contos, introduz versos que lembram o ritmo musical de *A banda*, de Chico Buarque: "O trocador volta a contar dinheiro/ O motorista acelera o ônibus/ O mulato escuta o rádio de pilha transmitir o Festival da Canção/ O estudante de óculos concentra-se nas próprias indagações/ O ligeiramente bêbado turva seus olhos/ O casal bem vestido que marcha unido para a velhice". Personagens diversos, que podemos encontrar no dia a dia e que fazem o colorido da cidade. Outro artifício que Ary usa neste livro é o de sublinhar os versos/as frases.

Na simplicidade dos contos está a essência da vida. Vejamos o conto que dá título ao livro: "Um certo senhor tranquilo". Os personagens são o senhor, o whisky e o jabuti. As cenas pertencem ao cotidiano, no qual o tempo envolve o nada, mas permite a continuidade da vida. Ary seria este senhor (in)tranquilo, absorvido pelo tédio, tendo um animal ou "algo" a seu lado para preencher-lhe o vazio.

Dayse P. Valadão (na contracapa do livro) diz: "os contos são imbuídos de um caráter atemporal, não se localizam nem no tempo nem no espaço". Trata do "crescente processo de esboroo da figura humana, a sua total sujeição a um mundo que já não pode controlar".

Retrospectiva

Nesta obra, o autor mistura vários gêneros: contos, ensaios, crônicas e uma entrevista com o sertanista Francisco Meireles. Wander Piroli diz que o livro é uma "saudável bagunça dentro de uma literatura geralmente bem comportada".

Ary começa o livro enumerando uma declaração de princípios que refletem a forma como pensa a literatura. Faz ainda uma retrospectiva de vários estilos literários presentes em sua obra – que o próprio autor não sabe como classificar.

1 – O autor acredita existir uma coisa que se pode chamar de a *responsabilidade social do artista*;
2 – O autor acredita ser mais objetiva esta representação através do despertar emocional do leitor;
3 – É fugaz a emoção [...], por isso, o autor prefere escrever contos, a forma de prosa que aviva a emoção mais prontamente;
4 – [A finalidade do conto é] a pronta mensagem.

Inicia a obra com uma série de imagens, colagens, nas quais o rosto do próprio autor é plasmado. Ary faz literatura de vanguarda e metaliteratura. Termina com um *Bang!* Uma grande explosão para renovar o universo, para o leitor tomar consciência do que ocorre ao seu redor. *Bang* é preferível a *Fim*.

Segundo Ivan Cavalcanti Proença, "Ary Quintella opta por trazer-nos um livro que retrate a deterioração humana como regra universal". "O que não impede o quindim para o chofer", cena final de um dos seus contos em que valoriza o ser humano, independentemente da atividade que este exerce. O que sempre interessou a Ary foi a pessoa humana e não o que ela tem ou o que faz.

Qualquer coisa é a mesma coisa

O título da obra já revela ao leitor o estado psíquico do narrador: o tédio, a indiferença e a falta de esperança em um mundo onde os rumos estão borrados. Mostra o ser humano atual em "sua terrível perplexidade, entre a pomba e a bomba, entre Deus e o nada, entre o silêncio e a palavra, este Logos, que substancialmente é o Amor. [...] O altar de Deus é, para ele, a sua mesa de escritor".

O título foi tirado de Goethe: "*Alles Vergängliche ist nur ein Gleichnis*" (todo o passado é apenas uma mesmice) – provérbio que Ary aplica ao longo do livro. E termina com "e agora o quê?". A resposta mostra a redundância da vida, a continuação da mesmice e dos sentimentos expressados anteriormente.

Ary introduz em cada uma de suas obras uma característica diferente. Nesta, intercala comentários do autor. Mas, apesar do pessimismo, há notas de saudades e de reconhecimento de felicidade no passado: "Era bom morar no Leblon, um bairro do Rio de Janeiro. Era bom ser um ser humano".

Amor que faz o mundo girar

Este é um livro paradidático. Ary aproveita um fato histórico para romanceá-lo e colocá-lo ao alcance dos jovens, de modo que fiquem interessados e leiam a obra até o fim. "Cento e cinquenta anos se passaram desde que Anita Garibaldi se tornou heroína de dois mundos. O tempo, longe de apagar sua memória, se encarrega de engrandecê-la. Amor e guerra ocupam o mesmo espaço e o mesmo tempo, eis a curta e eterna trajetória de Anita Garibaldi".

Post-scriptum, a título de conclusão

"Kissimus".
Assim Ary se despedia em seus emails.
Este também é o título de um conto seu: "O chalé da Praça XV: Kissimus" (Porto Alegre: Ed. da Prefeitura, 1982).

Referências bibliográficas

GENETTE, G. *Palimpsestes. La littérature au second degré.* Paris: Seuil, 1982.

KRISTEVA, J. *Sèméiôtiké. Recherches pour une sémanalyse.* Paris: Seuil, 1969.

LANDOW, G. P. *Hypertext 2.0:* the convergence of contemporary critical theory and technology. Baltimore: John Hopkins University Press, 1997.

_____. *Hyper / Text / Theory.* Baltimore: John Hopkins University Press, 1994.

LÉRY, J. de. *Histoire d'un voyage fait en la terre du Brésil*. Apresentação e notas Jean-Claude Morisot; índice com notações etnológicas de Louis Necker. Genebra: Droz, 1975.

MILLER, J. H. The ethics of hypertext. *Diacritics*, n.25. p. 27-39. Fall 1995.

NETSEMINAR sobre o conto brasileiro. E-mails de 23, 26 fev. 1997; 3, 4, 12, 18, 21, 25 de mar. e 10 dez. 1997.

RAMOS, A. M. *O florescer da sexualidade*: parte 2. Disponível em: <http://www.escelsanet.com.br/sitesaude/artigos_cadastrados/artigo.asp?art=95> *Acesso em:* 20 out. 2002.

RECTOR, M. Brasil dos anos 40: Biba de Ary Quintella. *Hispania,* 85.3, p. 649-657, 2000.

_____. A sexualidade na literatura infantojuvenil de Ary Quintella. *Hispanofila,* 145, p. 67-76, 2005.

REFLEXÃO inicial sobre a adolescência e sexualidade para professores e educadores. Disponível em:<http://www.saudegratuita.com.br/saudesexual/reflexao.asp> Acesso em: 20 out. 2002.

CONTOS

*QUALQUER COISA
É A MESMA COISA*

A TORRE DE MENAGEM

para Nelly Novaes Coelho

Começando a subir os degraus. Uma escada em caracol, de degraus irregulares, de altura vária, o pesadelo torpe de um arquiteto embrutecido. E o rapaz subindo prontamente os degraus corrompidos.

Os cabelos, de fios longos e claros, inclinam-se por sobre a espádua esquerda, pois a espádua esquerda se flete mais baixa que a direita, acompanhando o rumo levogiro dos degraus.

Há pequenos orifícios no muro circular em torno da escada. Os pequenos orifícios assemelham-se a seteiras. E a luz, jorrando pelas seteiras, se reflete nos degraus irregulares. Assim, o rapaz não tropeça nos degraus.

Os sapatos de napa café rebrilham, os vincos das calças castanhas foram cuidadosamente compostos, e a camisa de seda pura desprende vago cheiro de lavanda.

O rapaz escorreito, esbelto, os músculos ainda mal definidos, e que sobe os degraus com cabeça erguida. Olha para cima acreditado. Tanta energia liberta nos movimentos confiantes.

Num dos tornos incessantes, o rapaz consegue ver as terras abaixo, recobertas pela plantação dourada, mais a linha do horizonte marcando o céu meio cinza. Deve estar anoitecendo?

Mais voltas acima, a luz se torna prateada. O rapaz agora sobe mais devagar. Começa a se dar conta do alcance da escada. Resolve então parar – e para – e o degrau desaparece debaixo de seus pés.

E percebe, penetrante: os degraus já assomados inclinam se para dentro da escada e constituem precipício reto, o qual se desloca em torno do eixo do caracol, logo abaixo desse degrau em que pisara.

Mas o rapaz é corajoso: seu corpo se projeta para cima: estica as mãos, se agarra ao próximo degrau e o escala esforçadamente. As biqueiras dos sapatos se esfolam.

Continuando a subir, agora mais pausadamente, embora fosse estável a sua respiração. Bem mais pausadamente ainda. E o degrau em que pisava, e o seguinte, se recolhem contra o corpo do escadório.

E o rapaz salta, precípite, seus pés encontrando mais outro degrau. Ah! Em verdade, além de se fundirem num plano vertical imaginário e fugidio – que descreve um arco de círculo contrário aos ponteiros do relógio –, os degraus subsistem durante um período certo de tempo.

Assim, o rapaz acelera o passo e mantém uma cadência unívoca. Em um dos giros reparou na luz mais forte jorrando agora pelas seteiras. Ficou em dúvida, porém: será aquela a luz do sol? Seria aquela a luz da lua?

Mais voltas acima. Mais outras voltas acima. E não sente mais os cabelos em seu ombro esquerdo. Mesmo sem perder o passo, passa a mão direita na cabeça. A mão direita no crânio liso.

As pessoas que perdem os cabelos são calvas, pensou. Isso não me importa. Subo as escadas com minhas pernas, auxiliadas pelo balançar ritmado dos braços e por certa inclinação de meu tronco.

Mais voltas acima. Mais outras voltas acima. E novamente a luz cambiou de coloração. Ele sentia a mudança, mas não poderia determinar qual fora. Embora seus olhos já consigam percorrer as mínimas reentrâncias e distinguir os

diversos componentes do sistema: seixos salientes, pedras amorfas, mesmo tijolos e quartzitos.
Escabrosidades infinitas. E alguma coisa roçagando suas coxas: suas coxas estourando a flanela das calças: os músculos rijos rompendo em farrapos as calças. A carne sólida surgindo. Vamos!
Certa vez, uma cerração escorrendo pelas seteiras, refrescando o suor do torso intumescido. O frescor escordando-lhe sensações quase esquecidas:

>*a pasta dental em sua boca,*
>*a mão de sua mãe no cabo da escova,*
>*a concha da pia muito alta à sua frente,*
>*e o jorro d'água se rompendo:*
>*gotículas na cerâmica rebrilhante.*

As fibras dos músculos dorsais, tão solicitadas, principiam a se esgarçar. Flácidas. O ranço das axilas. Os escrotos lassos entre as tiras das calças. Um, dois, três, quatro! Um, dois, três, quatro!
Mais voltas acima. Mais outras voltas acima. Os degraus altanando-se. Inexoravelmente. E a matéria bruta do sistema se parcela, se divide, se subdivide, se mostra reconhecível, determinada, classificável:

>*blocos cristalinos,*
>*paralelepípedos ígneos,*
>*moléculas de silicone,*
>*átomos de carbono,*
>*prótons de deutério,*
>*isômeros do caralho.*
>MÃE!

Um fulgor no espaço baço: objeto fusiforme, intermitente. A cada sequência de 98, 99, 100 degraus: a certeza do objeto estático no espaço exterior. A cada sequência de 50, 49, 48, degraus: o espaço vazio, vislumbrado através das seteiras. O que significa: o objeto subsiste – também – durante período certo de tempo.

E o objeto *existe* no que a camisa se esfiapa lentamente: a fricção dos braços no tecido cru, o choque de milhares de partículas de pó, o solutivo das exsudações do corpo fremente.

Mais voltas acima. Mais outras voltas acima. Os síncronos movimentos: braços e pernas: a fim de subir esforçadamente os lances de degraus. Algo parecendo se rasgar em seu peito. Mas a dor acicata mais ainda a sua determinação.

O ranho do nariz escorchando o peito cavo. Mais voltas acima. Mais outras voltas acima. Vamos! A cabeça abaixa-se. Desacreditado. Mas o ritmo sistemático persiste. Vamos!...

Certa vez, teve certeza: a lua! E o incisivo superior esquerdo soltou-se da gengiva. Cuspiu o dente, abaixando mais a cabeça. E aguarda ansioso que o dente alcance o patamar da escada. Somente o rascar de seus pés no sistema, tão somente e o sibilar de sua respiração agora arfante.

PONT DE ROUAGE

*Para Luiz Fernando Prates Meneget,
fraternalmente*

I

A propósito da perna de Lord Uxbridge

O *pont de rouage* no tapete espesso. Preciso encontrar o *pont de rouage* no tapete espesso. Para que fui tirá-lo do porta-níqueis? Alfredo estilhaçou o meu Omega de ouro, mas me deu o *pont de rouage*. QUANDO? No Cretáceo? No Jurássico? Tenho de afastar a cadeira, a máquina de escrever, e ficar de quatro sobre o tapete. Mas não estou enxergando nada! Será que o *pont de rouage* caiu dentro da Lettera 22? DONA NAIR! ME TRAZ UMA LANTERNA!
   A cerração recobrindo a cidade. Os automóveis rompendo a névoa espessa: projéteis amortecidos atravessando camadas de algodão sujo. O pesadelo de peixe deslocando-se em câmera lenta numa gelatina sem cor.
   Acionando o botão que faz a corrente elétrica passar pelos fios na janela traseira. A umidade principia a secar no para-brisa e já se pode ver o mundo, recortado em fatias paralelas.
   Eu diria: que cidade cinzenta! Acendendo um Schimmelpenninck Media. Alfredo segurando o acendedor incandescido. Mesmo neste dia sombrio, mesmo neste dia sombrio vamos a Waterloo: comuna belga com 11.850 habitantes, situada no Brabant, ao sul de Bruxelas.

Ei, Flávio Macedo Soares. Um dia você me perguntou:
– Como é que são os belgas?
Posso afirmar convictamente:
– Nem sei como eu sou.
Mas não importa. Você me fez uma pergunta. Vou tentar respondê-la. À minha maneira, claro. E aproveitando: o escritório que já tenho; a secretária (mesa) que já tenho; esta lâmpada de 500 watts; o exaustor do ar-condicionado: espargi Bom Ar Primaveril por cima do tapete e não suporto mais este cheiro adocicado; a paciência que já tenho.

Quando você sai da Forêt de Soignes, em direção a Waterloo, passa por Rhôde-Saint-Genèse, com suas indústrias de móveis e seus *manèges*, a Grande-Espinette, a Espinette-Centrale, em seguida por depósito onde são vendidos excedentes do exército norte-americano, e à direita, quase junto ao largo onde está a igreja, tem uma tabuleta, o fundo branco:

Tombe de la jambe de Lord Uxbridge

Depois de Uxbridge tem as duas espadas entrecruzadas e a data: 1815. Servem para indicar os locais relacionados com a batalha de Waterloo.

Os belgas respeitam bastante a batalha de Waterloo que:
– Não foi em Waterloo, e sim em Braine l'Alleud.
– Representou a oportunidade final de nação latina moderna ter ingerência nos negócios internacionais.

O número 2 também é outra história. Aliás nenhum historiador atual se preocupou com essa faceta, cujas repercussões eclodem até em nosso Brasil contemporâneo. Mas o que nos interessa mesmo é a perna de Lord Uxbridge.

Curiosamente, a tabuleta indica – no duro – o local em que foi enterrada a perna de Lord Uxbridge.

II

ATENÇÃO! Trechos das *Memórias* de Pierre-Joseph Tellier, nascido em Waterloo, Bélgica, em 21 de outubro de 1799, filho de Pierre-Joseph e Anne Marie Derrider. Que Deus o conserve em *sauce à vinaigrette!*

1812:

Sempre me recordarei da desolação que a cidade sentia quando foi anunciado o desastre do Exército francês na Rússia. Era assunto de todas as conversas.

31 de janeiro de 1814:

Duzentos ou trezentos soldados franceses chegaram a Waterloo. Durante a noite, eles partem em silêncio. Os lanceiros produziram alguns estragos na casa da viúva Jesse Bodenghien, hoteleira em La Joie, bem na entrada da cidade. Estamos inquietos. Ficamos acordados a noite inteira. Pois devemos sempre temer as tropas que cedem um país a seus inimigos.

Lá pelas duas ou três horas da madrugada, eles se deslocam para Tubize. Em Tubize, eles se reunirão às tropas que abandonam Bruxelas. O general Maison tinha seu quartel-general em Tubize. Durante essa mesma noite, os franceses evacuaram Bruxelas.

O destacamento que se retirava de Waterloo era composto de soldados de todas as armas. Havia lanceiros, dragões, artilheiros, infantes, policiais etc. Eram comandados por um general. A retaguarda, afinal, partiu às sete horas da manhã. Quando os franceses deixaram Bruxelas, foram até Hal. Não posso compreender por que este pequeno destacamento recuara até Waterloo.

Desde algumas semanas fala-se bastante da próxima chegada das tropas aliadas. Elas atravessaram o Reno. A

Holanda se sublevou. Todavia, os jornais não dão nenhuma notícia. Só mencionam as pilhagens e devastações feitas pelas "hordas do Norte". Percebe-se que essas notícias são muito exageradas. Porém...

Por isso, meu caro paizinho – muito previdente e cheio de prudência, como sempre – ocupa-se em preparar esconderijos. Com esse objetivo temos trabalhado, mais o nosso vizinho, dias e noites. Nosso vizinho, nosso factótum, é pedreiro. Guardamos nossas roupas e melhores objetos em tonéis. A fim de preservá-los da umidade. Colocamos em seguida os tonéis no esconderijo, ao fundo da grande adega. A entrada do esconderijo foi selada por um muro, depois.

1º de fevereiro de 1814:

Lá pelas dezenove horas, quando jantávamos, escutamos gritos no vestíbulo da casa: "Os cossacos chegaram!"

Nossa primeira reação foi de terror! Mas, no mesmo instante, eu e meus irmãos corremos para a calçada. Desejávamos ver estes homens tão falados. Realmente: destacamento de setecentos ou oitocentos homens desfilava, cantando. Gritavam: "Viva Alexandre!" E mesmo os partidários da França se juntaram ao coro.

Em geral, ficamos satisfeitos com a chegada dos cossacoso. Não tanto por querermos a chegada desses selvagens, mas porque estávamos contentes com a retirada dos franceses.

Eu, pessoalmente, fiquei extremamente feliz: aproximava-se a hora de ser convocado pelos franceses. A perspectiva de me ver forçado a deixar meus queridos pais – e morrer num país longínquo – ensombrecia meu coração.

Lembrar-me-ei, sempre, da desolação de nossa cidade quando os conscritos se despediam da família e dos amigos E como chorávamos! Pois, naquela época, muitas vezes os que partiam não voltavam.

2 de fevereiro de 1814:

Esta noite – voltando de minha lição de música em Braine l'Alleud – eu soube: os cossacos, que passaram ontem na direção de Bruxelas, retomaram hoje na direção de Nivelles.

Abril de 1814:

Eu vi o príncipe de Orange em Bruxelas mais o duque de Clarence e o general Von Büllow.
NAPOLEÃO DESEMBARCOU! Março de 1815.

Durante este mês de maio de 1815:

O Regimento de Carabineiros holandês está acantonado em Waterloo. Os carabineiros belgas estão em Braine l'Alleud. Aguardamos – a qualquer momento – o começo da guerra entre os franceses e os aliados.

Quinta-feira, 15 de junho de 1815:

Nesta noite, viajantes que vinham de Charleroi nos disseram: "Os franceses atravessaram a fronteira!" Papai tinha ido para Bruxelas pela manhã. Meu irmão, Urbain, também foi para Bruxelas: precisava dar essa notícia ao papai.
Quando papai chegou, fomos à hospedaria de Jean, em Nivelles. Queríamos saber das novidades. Realmente, guardas alfandegários, provenientes de Charleroi, nos confirmaram aquela notícia.

Sexta-feira, 16 de junho de 1815:

Às sete horas da manhã, soubemos que as tropas estavam para chegar. Fui para a casa do prefeito, sr. Pierre-Joseph Gérard. As tropas chegando. Eu me admiro do ar altaneiro e marcial dos escoceses (sem calças). Eles passam em acelerado. Não permitem que os soldados abandonem as fileiras nem para tomar uma Coca-Cola! Eles estão silenciosos. Quantas vítimas não haverá dentro de uma hora?

Nossa ocupação matinal: guardar os nossos melhores pertences nos tonéis que estão no esconderijo, preparado desde a chegada dos cossacos, no ano anterior.

Após o jantar, ouvimos forte canhoneio. Embora estejamos a três léguas e meia do campo de batalha, parecia que as detonações partiam do monte Saint Jean.

Estou passando pelos Correios. Alfredo quer chicletes. Paro o carro. Salto do carro. Introduzo a peça de um franco na máquina e giro a alavanca. Recolhendo a bolinha branca. "Eu queria vermelha". A chuva empapou minha capa Pierre Cardin.

Alfredo me passa diminuta peça de metal: aço inoxidável. Chata, lisa, a milimétrica espessura, formato indefinido: curvas e arcos de círculo. Com furos redondos, o diâmetro vário.

– O que é isto? – água escorrendo pela manga da capa, deslizando por minha mão, fazendo poça na base da alavanca de mudança, entre os dois bancos da frente.

– *C'est un pont de rouage.*

Magnífico! *C'est un pont de rouage!* Mas os pais devem ser onimanjantes. Armo cara de quem sabe o que seja *un pont de rouage.* Coloco a pecinha no porta-níquel. Ligo o motor do carro. Afinal, *c'est un pont de rouage...* Eufônico.

Aposto que dá conto. Hoje, amanhã, daqui a dois anos. Bastante eufônico. Vou compulsar o Petit Larousse. *Pont de rouage.*

Sábado, 17 de junho de 1815:

Waterloo repleta de soldados. Está chegando um corpo de doze ou quatorze mil homens. Eles vêm de Hal. Provavelmente são as tropas que estavam acantonadas em Flandres.

O exército inglês se retira de Quatre-Bas. Estamos bastante inquietos. Papai teme que os ingleses sejam empurrados para Waterloo. Assim, talvez nos encontremos entre dois fogos. Resolvemos nos refugiar na floresta, se o perigo fosse mesmo muito grande. Mas o que fazermos de meus irmãos mais moços? Papai os conduziu ao Chenois, para casa da prima Catherine Tellier, à beira do bosque. Eu e Urbain ficamos com nossos amados pais.

Desde a manhã: longas filas de viaturas com feridos estão passando.

Eu estava no prefeito, às seis ou sete da noite, e vi três oficiais franceses monarquistas. Portavam cocarda branca. Pareciam bastante desassossegados. Entre eles, o conde de Ménard. Vinham de Gand. Abrigamos lá em casa um oficial monarquista.

O duque de Wellington alojou-se na casa da viúva Bodenghien, defronte à igreja. É o seu quartel-general em Waterloo.

Domingo, 18 de junho de 1815:

Durante toda a manhã: tropas em massa que transitam. Lá pelas dez horas: uma calma assustadora ao nosso redor. Todos aguardamos – ansiosos – grandes acontecimentos.

Não há soldados na cidade. Excetuando-se dois ou três hussardos hanoverianos. Já estão aqui há algumas semanas, cumprindo função de estafetas.

Como não se podia prever o resultado da batalha, e como o Chenois é tão exposto quanto Waterloo, papai enviou Lambert Sansterre para pegar meus irmãos mais moços e levá-los para a casa do vovô Derrider em Alsemberg, do outro lado da floresta.

Às onze horas, ouvimos alguns tiros de canhão. Pouco a pouco, as detonações redobravam. Fomos para os campos. Distinguíamos – ao longe – longas linhas negras. O monte Saint Jean se recobre de fumaça. Víamos – perfeitamente – clarão dos estampidos.

Eu e Urbain na água-furtada, juntos ao próprio teto da casa. Retiramos uma telha para observarmos o combate.

Sempre lia com avidez as descrições das guerras do Império e das campanhas encetadas por Napoleão. E agora assistia pessoalmente a uma dessas grandes batalhas. A França, a Inglaterra, a Prússia e os Países Baixos em luta a menos de uma milha daqui!

Após o almoço, muitos habitantes saem de suas casas ou ficam na janela do sótão para apreciar melhor o confronto. Continuamos a ver o clarão dos estampidos e escutamos também o ruído da fuzilaria. Embora a fumaça espessa oculte os combatentes.

Lá pelas quinze horas, começam a chegar os feridos. Eles não podem seguir pela estrada entupida por caixotes, ambulâncias transportando os gravemente feridos, viaturas com víveres etc. Insensivelmente, cresce o número de feridos. A maior parte batendo em nossa porta, pedindo de beber. Para impedi-los de entrar, papai me colocou num canto fora da casa, com uma jarra cheia de cerveja, bem misturada com água para não acabar depressa. Depois de beber, eles continuam em direção de Bruxelas. Têm pressa de se afastar desta carnificina.

Cerca de dezenove horas, trazem-nos um oficial, transportado em cima de uma porta, arrancada certamente de uma casa no monte Saint Jean. Os soldados eram comandados por um intendente. O intendente me pergunta: "Meu rapaz, tem lugar aqui para um oficial ferido?" Chamei papai, que veio correndo: "Claro, claro."

Mesmo com toda a calefação funcionando, as janelas ficam embaçadas:

– Alfredo! Não joga chiclete no tapete do carro!

Agora, o supermercado Delhaize. Agora, o supermercado G.B. As pequenas casas flamengas. Waterloo é uma comunidade flamenga. Agora, o campo. QUERO CAFÉ.

Introduzimos o oficial lá em casa, passando a porta pela janela. Ele ficou no quarto à esquerda do vestíbulo, depositado sobre um colchão: mortalmente ferido por um biscainho que lhe furou o peito de lado a lado. Era o major de Villers, do Regimento de Hussardos belga.

Morreu na quarta-feira pela manhã. Papai inventariou os objetos do oficial e o intendente que o acompanhava encarregou-se de remetê-los à mulher do morto, em Mons.

À noite, às 21:30, um oficial veio ver o ferido: "Tivemos a sorte de repelir os franceses para Genappe."

Havíamos escutado os canhões e a mosqueteria desde as 11:30 até as 20:30, sem interrupção. Os Brown Bess permitem dois tiros por minuto e o emprego da baioneta. Os canhões também: dois tiros por minuto.

15 de agosto de 1815:

Não houve nenhuma manifestação de júbilo em Waterloo durante a festa comuna. Ainda estávamos impressionados com as perdas produzidas pela batalha e que afetavam a maior parte dos habitantes.

21 de setembro de 1815:

Estou indo a Bruxelas. Quero ver a ascensão do rei Guilherme, dos Países Baixos. Meu companheiro de estrada me dizendo: "Verás a coroação que fará a nossa desgraça". A sucessão de acontecimentos demonstrou que ele estava certo.

1º de outubro de 1815:

Alexandre, imperador da Rússia, acompanhado pelo rei dos Países Baixos, os dois com séquito numeroso, estão visitando o campo de batalha.

19 de junho de 1816:

Multidão de estrangeiros em Waterloo: celebrando o primeiro aniversário da batalha.

La Société de Waterloo chega de Bruxelas. Contamos trinta ou quarenta viaturas. Um serviço celebrado na igreja, às dez horas. Uma fila dupla de árvores plantadas à entrada. Bandeirola suspensa entre duas árvores. Esta inscrição:

TANDEM INTERIERUNT GALLI
Requiescant in pace

III

A batalha de Waterloo foi ganha nos campos desportivos de Eton/duque de Wellington, assistindo a uma partida de críquete em Eton/.

Em 18 de junho de 1815, chovia brutalmente sobre Wateroo. De cima do monte Saint Jean, as tropas inglesas: unidas em quadrados, os mesmos da batalha de Hastings: podiam ver os esforços dos artilheiros franceses. Os canhões simplesmente atolados. Hoje, não brilhará o sol como em Austerlitz.

O Estado-Maior inglês meio encoberto sob umas árvores, Wellington dançara a noite inteira em Bruxelas. Mas sua cara de ave de rapina se mostra descansada. Ele ordena a distribuição de gim às tropas extenuadas. A infantaria francesa começa a se deslocar na planície, em *ordre mixte*.

No dia 27 de fevereiro de 1815, Napoleão fugira de Elba. Já em junho de 1815, tinha um exército de 360.000 homens. Cento e cinquenta mil ele tomara de Luís XVIII.

Napoleão operava com tranquilidade: organizava seu novo exército quando Murat, o rei de Nápoles, inicia campanha ofensiva em maio. Nos dias 2 e 3, Murat é derrotado em Tolentino: a fronteira leste da França está aberta. Assim, Napoleão é compelido a atacar – prematuramente – as tropas inglesas, prussianas e dos Países Baixos, que se concentravam na Bélgica. Pois essas tropas aguardam a chegada dos russos e dos austríacos, pelo leste.

Não nos interessa examinar os se: o desmaio de Napoleão na parte da tarde, a burrice de Ney durante o ataque a Quatre-Bas, as desastrosas operações de Grouchy. Waterloo foi campanha difícil, onde erros táticos superaram a brilhante concepção estratégica elaborada por Napoleão. Só quis lembrar que Napoleão teve Waterloo em sua vida.

Aliás, dentre os se da campanha, Napoleão destaca o do marechal Grouchy. Em Santa Helena, ele recrimina acerbamente Grouchy: não fez o contato previsto com o exército prussiano, liberando assim Blücher; ignora apelos de seus oficiais, recusando-se a se juntar ao grosso das tropas em Waterloo, embora OUVISSE AO LONGE OS CANHÕES.

Paro o carro junto à estátua do Leão. Compro um saquinho de fritas. E meu filho Alfredo suja a cara com *sauce tartare*. O vento gelado umedecendo seus longos cabelos claros. Hoje não tem turistas no campo de batalha.

O Leão boceja, uma pata em cima do globo. Um dia, subi todos os degraus até o topo da estátua. A verde planície enevoada, com vacas esparsas pastando, as vacas muito sujas da Bélgica, recobertas pela lama rubiginosa.

Aqui, no local em que se postara o Estado-Maior de Wellington, os belgas ergueram um circo turístico: cineminha bastante fanhoso, museu de cera, ciclorama, lojas de *souvenirs*...

E, até hoje, os agricultores retiram da terra colheita de balas, restos de ossos, botões dos uniformes, pedaços de coronha, baionetas enferrujadas. E sobre tudo isso paira a inexorabilidade do terreno: planície no horizonte, altanando-se até o monte Saint Jean.

Os franceses conseguem movimentar uma bateria. Canhões são assestados sobre o grupo colorido, meio encoberto sob as árvores. Os canhões atiram. O grupo colorido se mantém imóvel.

– *By Jove, I think I have lost my leg* – e não tem mesmo ponto de exclamação após a palavra perna. E Lord Uxbridge tomba do cavalo.

— *Indeed?* — Wellington sofreia seu cavalo, que recuara três passos. Os cavalos são muito emocionais. Eles nem parecem seres humanos. São muito emocionais. Não se pode mesmo confiar em cavalos.

E Lord Uxbridge, primo-irmão de Wellington, sendo conduzido para Waterloo. Levaram-no para a casa de Jean Baptiste Pâris, quase junto ao largo onde fica a igreja. E a perna foi amputada, à altura da coxa.

Alguns dias depois, é levado para a casa da marquesa d'Assche, em Bruxelas. A marquesa parece até um cavalo, tão humana:

— *Comme vous devez souffrir!* — com ponto de exclamação e tudo.

— Bem, marquesa, agora só poderei dançar com esta perna — responde galantemente William Page, Lord Uxbridge, ex-comandante da cavalaria inglesa.

A minha Agfamatic enquadrando o *grognard* e meu filho Alfredo, à frente do Museu de Cera. O *bonnet à poil* do *grognard* se movimenta, impulsionado pelo vento. Meu primeiro livro está saindo, no Rio de Janeiro. Flávio Macedo Soares morreu.

IV

Os restos da perna de Lord Uxbridge

Este é o conde Uxbridge, visitando o antigo campo de batalha. Estamos em 1877. Sessenta e três anos se passaram. Eis o conde entrando numa casa, quase junto ao largo onde fica a igreja de Waterloo.

A casa é museu neste ano de 1877. A casa é um pequeno museu. O conde de Uxbridge está no pequeno museu. O conde de Uxbridge contempla alguns ossos e uma bota, numa redoma de vidro.

– Os restos da perna de um general de Wellington, Lord Uxbridge – alguém explica ao conde de Uxbridge.

Assim, o conde de Uxbridge retorna à Inglaterra, onde procura o embaixador da Bélgica, reino criado em 1831. O objetivo do conde de Uxbridge é protestar contra a exploração da perna de seu pai.

O embaixador comunica a ocorrência ao seu ministro das Relações Exteriores, que manda abrir inquérito.

O inquérito constata a presença de tempestade, ocorrida alguns anos antes e que arrancou as raízes de uma árvore do jardim daquela casa, quase junto ao largo onde fica a igreja de Waterloo. Aqueles ossos e aquela bota são – comprovadamente – de Lord Uxbridge, comandante dos 9.900 homens da reserva da cavalaria do 2º Corpo do exército anglo-holandês durante a campanha de Waterloo.

> *Au jour du réveil des morts,*
> *que j'aurai du chemin à faire*
> *pour rejoindre mon corps*
> *qui m'attend en Angleterre.*

(Quadrinha inscrita na pedra indicadora do local de exumação da PERNA)

Um problema legal:

A quem pertencem a perna, ou os restos da perna, mais a bota, que complementavam a magnífica constituição física de Lord Uxbridge naquele 18 de junho de 1815?

O atual proprietário da casa do senhor Pâris (é com circunflexo mesmo) recusa-se a entregar ao conde de Uxbridge os despojos de Lord Uxbridge: "Eu comprei a casa. A casa tinha um jardim. O jardim tinha uma árvore. As raízes da árvore tinham estes ossos e esta bota. Então a casa, o jardim, a árvore e o que tinha debaixo da árvore são meus!"

Os funcionários do Ministère des Affaires Etrangères estão se virando para descobrir um meio qualquer de arrancar os ossos e aquela bota daquele museu, na casa quase junto ao largo onde fica a igreja de Waterloo. Já estamos em 1878.
– E se dermos ao senhor uma indenização?
– Não me desfaço de minha propriedade!
O conde de Uxbridge ligeiramente constrangido. Solicitando ao ministro das Relações Exteriores se digne encerrar as negociações, também já se tornando macabras.
Ministro das Relações Exteriores apelando para seu colega, ministro do Interior:
– O proprietário da casa é mesmo o proprietário da PERNA?
Pela Lei Comunal belga, o burgomestre: prefeito: tem poderes para determinar o enterro da Perna. Assim, a Perna é enterrada. Os ossos e os restos da bota de Lord Uxbridge no cemitério de Waterloo. Nem com seu proprietário nem com seu filho.
Porém a cidade de Waterloo está perdendo uma de suas atrações. Mas o que temos de fazer é aumentar o fluxo de turistas! Não podemos perder uma de nossas atrações. Não é, conde de Uxbridge?
Então, o conde de Uxbridge presenteia a Comuna de Waterloo com uma das pernas de madeira de Lord Uxbridge. Está na casa do largo defronte à igreja: o Museu Wellington: antigo quartel-general instalado na casa da viúva Bodenghien.
DONA NAIR: CADÊ O MEU CAFÉ? É tão chato ficar só! Alfredo deve estar montando Gerfaut no picadeiro do *manège*, em Rhôde-St. Genèse. Aqui no Rio faz calor.

V

NOTAS

Pont de rouage: *pont* é ponte mesmo; *rouage* é o conjunto de rodas de um mecanismo: a ponte do conjunto de rodas: a peça do relógio onde são encaixadas aquelas rodinhas todas.

Schimmelpennick Media: é media mesmo, não média. Trata-se de cigarrilha holandesa.

Atualmente, com tantas empresas multinacionais sediadas na Bélgica, Waterloo deve ter uns 20.000 habitantes. Talvez mais ainda.

A designação correta seria: a campanha de Waterloo, pois as batalhas de Ligny, no dia 15, e de Quatre-Bas, no dia 16, tiveram como objetivo a separação entre as forças de Wellington e Blücher, abrindo assim caminho para Bruxelas, via Waterloo.

Brown Bess: nome dado pela infantaria inglesa ao seu mosquete de pederneira, sem raias, carregável pela boca. Igual ao mosquete francês: de pouca precisão e pequeno alcance: duzentos metros, com desvio de três metros.

O subtítulo da terceira parte: supõe-se que Wellington tenha dito a frase, citada pelo escritor francês Montalembert. Ela contém certo desprezo pelo soldado inglês que, em geral, era um lúmpen. Todavia, Wellington chegou a falar: "Tenho um exército infame!" Daí a distribuição de gim durante a batalha do dia 18.

Algumas diferenças entre o Exército francês e o inglês:
francês: nacional, pago pelo Estado, em que os oficiais podiam começar como soldados.
inglês: particular, pago pelos oficiais, em geral nobres, que compravam suas patentes e regimentos, tal como ao tempo de Wallenstein/Guerra dos Trinta Anos/.
Austerlitz: a impetuosidade do jovem tzar, Alexandre I, fê-lo partir para a ofensiva, contra a opinião de Kutuzov. Mas Soult pôde movimentar os canhões para compor a *ordre mixte*. O sol secara o terreno empapado.
Ordre mixte: característica da infantaria de Napoleão: formação com batalhões em linha e outros

em coluna. O que perdia em potência de fogo, ganhava em mobilidade. Ao curso de sua carreira como general, Napoleão foi acrescentando baterias de artilharia à *ordre mixte*. Para isso utilizou canhões arrastados por cavalos, conforme *design* e instruções de Gribeauval. A cavalaria era utilizada – basicamente – nos reconhecimentos, cobertura lateral nos avanços e retiradas, escaramuças e rompimentos de linhas de frente. Assim, a *ordre mixte*, extremamente maleável, adapta-se ao terreno e emprega todas as armas de que dispõe o Exército, em função da tática.

Estratégia: é a arte de conduzir a guerra/totalidade/.

Tática: é a arte de combater/local/.

Wellington dançou na noite de 15 de junho e não na noite de 17. Numa festa em casa do duque de Richmond.

Napoleão, em 1815, já sofria de câncer. Daí o desmaio. Ele morreu em 1821. Wellington, em 1852. Ambos nasceram em 1769. Waterloo foi a primeira e única batalha em que se opuseram pessoalmente.

Ney foi conduzido pelas emoções em Waterloo. Jogou toda a cavalaria francesa contra o monte Saint Jean. Toda a cavalaria francesa foi esbagaçada: couraceiros, caçadores, hussardas e dragões.

Lord Uxbridge viveu longos anos após a batalha. Dançando com sua perna de madeira.

Dona Nair é minha cozinheira, aqui no Rio de Janeiro.

Atualmente, o *pont de rouage* do meu Omega está no cofre do quarto.

O JURO É O PERFUME DO CAPITAL

Dois martínis-secos – duplos – fizeram o milagre: Antônio já consegue alisar as pernas de Corina, levando a mão acima das meias até a calcinha rendada, que desprende vago cheiro de jasmim, sexo e Bio-Zima em pó.

O instinto de velho paquerador advertiu Antônio de que estava na hora e o surfista acelera o jantar: dispensa as futilidades e trucida o estrogonofe celeremente, em permeio a três *Schnitts*.

Dois meses cansativos e angustiantes – a perseguição implacável à lourinha – já esgotavam o cérebro de Antônio, integralmente dedicado à paquera, e seus condimentos habituais: o fusca, o *snipe*, a praia e o Don Quijote.

O raciocínio de Antônio era claro e singelo: eis que estamos na Grande Civilização Tropical e o negócio é mandar aquela brasa, pois não construiremos nenhuma indústria nem seremos Prêmio Nobel da Paz.

E aquela magnífica constituição física, aprimorada pela prática do surfe no Arpoador e tranquilos amplexos com sagazes deglutidoras de Lindiol 2,5, estremece de prazer ante a perspectiva de agarrar Corina, a querubínica longilínea.

Embora, inequivocamente, seja de mau gosto o cultivo da virgindade no País Sem Preconceitos, Corina – reacionária – insistia, naquela observância subdesenvolvida, doentia e antiestética, tão do agrado de nossa antiga tradição monocultora de café.

Por isso, já desesperado, Antônio resolve cantar Emília, e dispensa Corina, em plena praia, às duas da tarde, no sábado:
– Sua virgem cúbica!

Os aterrados olhares da curriola fizeram Corina sentir-se inadequada e cruel, com ciúmes de Emília, ansiosa por voltinhas objetivas com os animosos cultores do cinema novo, os cineastas. Por isso, agitando a crina argêntea, após refrescante mergulho, murmura para Antônio:
– Quer sair hoje à noite?
Mesmo que Sua Santidade, o papa Paulo VI, aparecesse anunciando a pílula retroativa, a surpresa não seria maior. O galhardo esportista larga a prancha, que lhe deu exuberante porrada no ombro: fica sem fala e marcha como zumbi até sua esteira, na praia.

E assim jantavam correndo no Real Astória, lá no fim do Leblon, envoltos pelos olhares invejosos do Bocão e do Ciranda, que traçavam saudável batida de limão e comiam mexilhões vermelhos, sabiamente colocados sobre torradas e suco de tomate.

Com aquela presteza característica dos não sampakus, Antônio paga a conta e parte feroz para o primeiro buraco de que sua mente fora de foco se lembrou: uma rua que desembocava na avenida Visconde de Albuquerque.

A prática de Antônio colaborou para que ele fizesse curvas só com a mão esquerda, enquanto apertava os seios de Corina com a direita, campainha retinindo, lembrando-lhe como eram duras as mamas de Corina.

E subiram a ladeira sinuosa e escurecida até o larguinho do Clube Federal, e depois desceram pequeno trecho, parando no ponto mais escuro, murossombreado pelo clube, em freada violenta, que joga a lourinha nos braços de Antônio.

Freneticamente, Antônio abre a blusa de Corina, puxa-lhe a saia e tira a sua camisa e as calças, aparecendo a maviosa cueca azulpretobolinhada, ai surpreso murmurejado por Corina, e o pano mergulha também no banco de trás, juntando-se às outras peças menos sutis.

Mãos ansiosas no corpo de Corina que, passivamente, vacapretanhava no Bob's de Copacabana, o papelão frio

gotejante em seus lábios cúbicos, na calçada repleta de quadrados, a limpar o gosto seco dos martínis.
Primeiramente, a mão no torso de Antônio, segundamente, a voz grave dotoridade:
— Cidadão, poderia me dá seus documentos?
Bem lá do imo de seu cérebro, Antônio se recusava a largar Corina, mas a voz era insistente:
— Cidadão, cumé qui é?
Os olhos injetados avermelhavam a fardinha cinzazulada, o brioso membro da P.M. aparecendo purpurino, fumacinha sobre o quepe, tanto esforço para pronunciar as palavras difíceis.
— Cidadão!?...
Recoberto apenas pelas meias escuras e os mocassins de couro cru, o surfista sai do carro, seu rosto bichanfrado pela sombra larga da radiopatrulha:
— Seu guarda, o senhor me dá licença de pôr a cueca?
Soluços aflitos da bucefálica ainda-virgem nua que se contorce no banco, vã tentativa de esconder suas vergonhas rosáceas, as pupilas entrefechando-se.
Mas o impávido atleta abotoa decididamente a cueca na cintura estreitinha, autoridade guiatriz gargalhante a socar o painel da viatura:
— Essa não! Essa não! – apontando a esgalga figura do atleta.
Eis que Antônio sente-se melhor, o recobrir das partes pendentes lhe restitui certa dignidade necessária aos seres humanos, e sabiamente apresenta à autoridade sua *graciosa*, envolta em plástico prensado:
— Olhe só, meu compadre.
Os olhos irritadiços da autoridade perscrutam as sílabas possantes, impressas em tipos vermelhos, sobre o fundo berrante-amarelo:
— PO-LÍ-CI-A...
A autoridade encara Antônio – respeito agora no sorriso que lhe escancara os beiços vultosos –, o corpo readquire

a postura subdesenvolvida habitual, coçar da cabeça ulótrica, Nossa Senhora da Aparecida, padroeira da República Federativa do Brasil:
— Tu é colega, meu chapinha?
Centauro dos pampas, mustang das pradarias, estrelas cadentes, espigões prateados, presidente, vice-presidente, senadores e deputados, prezados ouvintes, operários e camponeses, latifundiários e posseiros:
— E agora, colega? Posso atender à suplicante?
A suplicante solucejava, coitadinha, o choque brutal, inculcado pela indiscreta autoridade, contorcendo as fibras de seu coração não praticado.
— Olha, compadre, vamos fazer o seguinte; tranco a rua com o carrão e o senhor pode mandar a sua brasinha, tá?
E sob o vigilante socorro dos coleguinhas, acumpliciado com a lua, os martínis e a inconsequência de Corina, Antônio observa o mais objetivo conselho de Jesus, filho de Maria:
— Amai-vos uns aos outros.

QUALQUER COISA É A MESMA COISA

O JOVEM EXECUTIVO HABILIDOSO

Este é meu primeiro emprego. Cursava ainda o último ano da Faculdade de Economia e já me cansara das praias repetidas – moro no Leblon – e dos cinemas de quatro às seis. As aulas eram noturnas, e sempre acordei cedo. Às dez horas, Percentauro se esgueirando entre as fibras do calção.

Vi aquele anúncio nos classificados de O Globo. "Sou fruto da meditação e do trabalho", afirmava o meu mentor intelectual: Napoleão. Em duas horas descobrira tudo sobre a firma anunciante. Percentauro e o nó – Windsor – da gravata francesa e O TERNO. Bem passado pela querida mamãe.

Enquanto eu comia meu mingau de aveia, mamãe me fez ovos *pochés*:

– Filhinho, você precisa se alimentar bem para ter energia. Come mais uma torradinha.

E no que Percentauro se despede:

– Filhinho, e as vitaminas? Já tomou as vitaminas?

Tomo vitaminas desde que nasci. Tenho a impressão de que o mundo está perdendo seu melhor geneticista, seu melhor clínico-geral e seu melhor dietista: mamãe. Pois todo o seu talento se destina a uma só criatura: Percentauro.

Escovei os dentes, não fosse pedaço de gema ficar em meus incisivos; espargi no rosto uma nuvem de Monsieur Rochas, alternativa para Brüt, já terminado. E soquei debaixo do braço *Financial reporting systems and techniques*, de Francis C. Dykeman.

Resolvi gastar minha mesada e fui de táxi para a cidade. O chofer me chamou de doutor, apesar de meus cabelos compridos e louros, tão bem lavados por mamãe toda semana: Seda xampu, Erva, das Indústrias Gessy Lever S.A., Rua Campos Sales, 20/66 – Valinhos – S.P.

Meu escritório tem ar-condicionado, tapete Tabacow bordô, uma secretária de jacarandá, pequeno sofá e duas poltronas de couro cru, uma estante, mesinha com quatro telefones, intercomunicador.

E se apertar este botão, surge minha secretária, de carne crua, ressumando Fidji por todos os poros. Ela sempre contempla absorta os livros que enfeitam as prateleiras lotadas. Principalmente: *Correspondance générale de Napoléon* (32 volumes), Bourrienne: *Mémoires sur Napoléon* (10 volumes) e Bignon: *Histoire de Napoléon* (14 volumes).

Aqui fiquei para resolver os problemas ocorridos com os portadores do SILVERCARD. A minha secretária está aqui para resolver os meus problemas. Felizmente, só tenho um. Às noites de sexta-feira. Infelizmente, ela não pode resolver esse problema. Lastimável, pois demonstra – claramente – a disposição necessária.

Às vezes, jogamos batalha-naval depois do almoço, ou deciframos palavras cruzadas. E organizamos um *Pequeno vocabulário prático de economês*. E ninguém, ninguém mesmo, emprega melhor do que eu aquelas palavras mágicas: programação linear, minimização dos custos, maximização dos lucros, orçamento como plano de ação, técnicas de *feedback*, rentabilidade marginal, insumo, *marketing, merchandising...* Às vezes, meu chefe se queda, boca aberta, ao escutar minhas expressões técnicas nas reuniões semanais. Vamos dizer: sou um jovem executivo com tendências a alta.

> Numa quarta-feira, às quinze horas, após lauto almoço no Restaurante Rio Branco: ostras, Chateaubriand, pêssegos melba, Casa da Calçada, café e Drambuie: pago com SILVERCARD, evidentemente:

O jovem executivo, contemplando – olhar inescrutável – as mãos espalmadas sobre a mesa: a Raimunda arrancara fatia da película de unha anular esquerda. Fizera péssimo investimento naquela manicure. Esses pequenos contratempos é que retardam o crescimento do PNB!
O dever rigorosamente cumprido. Eis a receita para o desenvolvimento econômico. Se todos cumprissem seu dever, qual não seria atualmente a taxa de crescimento do nosso PNB? Recorde universal! Concordamos, Percentauro. Mas, em compensação, as suas abotoaduras de prata são perfeitas. Os vincos da camisa também. Hum! O perfume Brüt também.
A brilhante secretária penetrando no escritório. Ela ainda não descobriu que as saias abaixaram. Insiste em usar minissaia. As coxas bronzeadas fremem:
– Um senhor aí fora. Acho que ele vai ter um troço. Está muito nervoso. Está mesmo histérico. Quer falar com você! Quer ser atendido por você!
Eu não estava lá, mas dizem que Napoleão dormiu na batalha de Borodino. Isso se chama: autocontrole. Uma das tarefas de jovem executivo em ascensão: dar entrevistas para os editores econômicos. Eis a consequência: um senhor quer ser atendido por mim! O jovem executivo segurando lápis:
– Este senhor aí fora. Tratar-se-ia de seu pai?
– Papai? Você está maluco?
Não, brilhante secretária. Eu não estou maluco. Ocorreu-me o chamado ato falho. Muito bem estudado pelo senhor Sigmund Freud. Minha prestimosa secretária, talvez me coubesse acautelá-la. Contra mim. Os meus pensamentos pantanosos:
– Ah!
– Mando entrar? – a secretária repuxando os cabelos para trás. Os cabelos roçando a face granítica do jovem executivo, pois ela apoiara-se à mesa, o torso abaixando-se para a frente. Tal movimento faz – em geral – as blusas se abri-

rem, principalmente quando os três botões superiores estão inoperantes. Apesar da ansiedade – um trabalho! –, a secretária não se descuida: exibe-se.

– Bem, se não é seu pai, qual é o caso? Mande entrar o senhor que vai ter um troço – o próprio imperador Napoleão I dando instruções a Soult, antes da batalha de Iena. Napoleonicamente, desejo de beliscar aquele lóbulo transparente, secretária retirando-se altiva, resplendorosa com tanta admiração.

O MOTEL ASTRAL

fica na Barra da Tijuca, o bairro mais progressista do Rio de Janeiro. Curiosamente, ele se esconde atrás de vários renques de eucaliptos, buganvílias e acácias. Verdadeiro bosque perfumoso e colorido!

Você dirige o carro por uma aleia recoberta por areia fina, até chegar à cancela: SEJA BEM-VINDO!: exatamente à altura de sua mão esquerda está a portaria. Se você esticar a mão esquerda, claro.

A pesada chave na palma de sua mão esquerda. A plaqueta de metal: 402: afixada à chave. A cancela erguendo-se eletronicamente. O carro seguindo as placas indicativas. Eis o 402!

Você parqueia na garagem individual, salta do carro, aperta o interruptor, abaixa o toldo da garagem, abre uma porta com a chave, volta para o carro, desliga o motor, fecha a sua porta e abre a outra porta:

– Milady!

Você sabe, não? O mundo está lá fora. Você longe do mundo cruel, subindo a escada atapetada para o quarto, por cima da garagem. Os lençóis estralejantes de goma. Pelo telefone você pede água mineral, uísque, cerveja, cuba-libre ou Coca-Cola. Ou.

Vamos ver *A bell for Adano* na televisão? Então vamos dar um mergulho na piscina. O quarto tem piscina! Embora você não consiga nadar – propriamente falando – na piscina. Mas espadana-se n'água. Mas a utiliza como pretexto: "Vai cair assim vestida"?

E você pode ficar lá quinze minutos ou três dias. Dependendo – logicamente – das premissas e alternativas: quantas ostras comeu? Quantos anos você tem? Milady: funcional ou estreante? Resta sempre o consolo da ducha. Antes, durante ou depois. A ducha envolvendo seus músculos cansados, massageando sua coluna vertebral, se chocando contra a eventual celulite, apressando a circulação. É melhor do que sauna para curar a persistente ressaca!

E você pode pagar o Motel Astral com cartão de crédito. Eles aceitam todos, inclusive o SILVERCARD. Embora deixem dez por cento do valor da nota para a companhia de crédito que efetuar o desconto. Vinde tomar banho de piscina no Motel Astral.

CARTÕES DE CRÉDITO

representam mais um refinamento de nossa civilização, tão bem designada por sociedade de consumo. O objetivo precípuo do cartão de crédito é aumentar o consumo. E tal objetivo é atingido. Ponto.

Economistas há, desejosos de eliminar o dinheiro nas transações mercantis: a simples introdução do cartão numa fenda desencadeando uma série de operações. Assim podemos resumi-las: você compra um maço de Minister apresentando um cartão. O português do botequim sendo creditado – automaticamente – daquela importância na conta bancária dele, no que você está sendo debitado da mesma importância em sua conta bancária. Ou seja: os bancos é que fariam as liquidações financeiras.

Tal sistema é ruinoso para o sistema capitalista. Senão vejamos: ele pressupõe existência de dinheiro em sua conta bancária! E desde quando o sistema capitalista opera com dinheiro? O sistema capitalista funciona com crédito! Você necessita de dinheiro para comprar aquele Fusca 1600? Não! Você necessita é de potencialidade para realizar pagamentos! Denuncio publicamente esses economistas como traidores de nosso sistema social. Bastam os cartões de crédito, os nossos coloridos e plastificados cartões de crédito. Por ex.: é sabido que o senhor Mario Puzo, autor muitas vezes milionário, utilizou cartões de crédito para fugir para a Europa e lá viver enquanto escrevia *O chefão*.

Ele fugiu porque estava falido nos Estados Unidos. Sem cartão de crédito, não teríamos *O chefão*! Sem cartão de crédito, o senhor Mario Puzo teria de pagar suas contas!

Como funciona: a firma é filiada à companhia de crédito. O portador do cartão expedido por aquela companhia de crédito tem direito a pagar com aquele cartão à firma onde faz uma compra.

Quando a firma desconta o comprovante na companhia de crédito, recebe a quantia indicada no comprovante, menos uma taxa previamente fixada. Por ex.: dez ou cinco porcento. Em geral, quanto maior é o movimento da firma filiada menor será esse percentual. Quando o portador do cartão paga sua conta mensal à companhia de crédito, o circuito se fecha. Simples, eficiente, preciso. O Motel Astral, por exemplo, recebe menos dez por cento da importância registrada no comprovante. Ou seja: ele paga dez por cento ao SILVERCARD.

Parte prática: você dá o cartão no Motel Astral e seu nome é copiado num impresso, que depois você assina.

O SILVERCARD, porém, é mais aperfeiçoado: placa de plástico com três aberturas retangulares. O retângulo menor, situado no ângulo superior direito: serve para a inserção da plaqueta do Motel Astral. Ao lado esquerdo, ainda em cima, retângulo pouco maior: serve para a inserção de seu cartão de crédito propriamente dito. Ambos têm inscrições em alto relevo: os nomes e outros dados.

O retângulo maior de todos: serve para a colocação do impresso da companhia de crédito, várias vias, cobrindo o seu cartão e a plaqueta da firma. No que se abaixa outra peça de plástico, os três elementos ficam presos. Só resta passar – por cima do impresso – pequeno instrumento de plástico – ainda! – semelhante ao rolo com que se pintam paredes: ficam gravados – afinal! – naquele impresso o seu nome e o da firma filiada. Agora, você assina seu nome com caneta esferográfica. Simples, eficiente, preciso. Eu tenho SILVERCARD. E você?

O SÁBIO

Houve certo ano em que a Bolsa subiu. Subiu, subiu, subiu. Foguete apontado para M82, que é uma galáxia, se você não sabe, situada a dez milhões de anos-luz da nossa querida Via Láctea.

E conforme prática brasileira, transmitida pelos próprios genes de nossos progenitores, quanto mais a Bolsa subia, mais compradores apareciam no mercado.

A BOLSA subia, subia, s-u-b-I-A! Os gráficos do IBV, nas sociedades corretoras, tiveram seus murais aumentados. A flecha do índice montava assustadoramente, ameaçando mesmo ultrapassar o quadro mural e sujar as paredes.

Os clientes mirando comovidos a trajetória ascensional da curva. A curva, provando a Teoria da Relatividade, se transforma na reta absoluta.

Que maravilha! As aves que aqui gorjeiam, não gorjeiam como Lá! Hello Wall Street! Meet the Rio de Janeiro Stock Exchange!

Palavras de Sua Excelência, o senhor ministro de Estado para Negócios da Fazenda, no almoço das Classes Produtoras:

– A flecha do IBV acompanha – *pari passu* – o índice de crescimento de nossa economia!

*Noventa milhões em ação,
pra frente, Brasil!
Salve a Seleção!*

Argemiro Pinto Figueiredo: brasileiro, casado, comerciante, de cor branca, residente à rua Miguel Lemos, número 3, quarenta anos de idade, senhor/descrição da brilhante secretária/proprietário de um apartamento de cobertura, de uma Mercedes e de um fusca para as compras.

Como o Motel Astral, o apartamento de cobertura possui uma piscina. Ao contrário do Motel Astral, pode-se nadar nessa piscina. Argemiro Pinto Figueiredo, não careca e bigodudo, toma seu café no *nook*, o *Jornal do Brasil* aberto sobre a mesa.

O senhor Argemiro lê tranquilamente seu jornal. O senhor Argemiro pode ler tranquilamente seu jornal. São nove horas. Ainda vai nadar na piscina, pegar um sol e marchar para a loja de ferragens na rua Visconde de Pirajá, Ipanema.

O senhor Argemiro é sábio: naquele ano em que a Bolsa não parou de subir, ele vendeu todos os papéis deixados por seu pai, aquele velho maníaco.

Era belíssima coleção de cautelas em que se distinguiam, particularmente: 300.000 ações do Banco do Brasil, 1 milhão (repito: 1 milhão) de Vale p.p., 500.000 Siderúrgica Nacional e 200.000 Belgo-Mineira: sem contar milhares de Docas e outras importantes companhias.

O senhor Argemiro não possui espírito cívico. Ele não iria se incomodar, como fizera seu pai durante quarenta anos. Acompanhar subscrições, receber dividendos, ir à cidade para verificar cautelas no Banco Holandês Unido, colar cotas de Fundos, fazer tabela de cotações, vender e comprar e vender. Não. O velho ficara até sem cabelos, pois raciocinava assim: "Este terno vale 100 Belgo. Este uísque: 3 Vale!"

O senhor Argemiro, contrariando sua esposa, desaconselhado pelo corretor de seu pai, e ofendido pelo advogado

que lhe fazia o inventário, "O senhor não sabe onde tem a cabeça!", vendeu tudo. Literalmente tudo.
— Miro, e agora? O que você pretende fazer com esta fortuna? Vamos à Europa? Vamos às Bahamas? Vamos morar na avenida Vieira Souto?
— Deixa comigo, Araci. Vamos a Bariloche. Ouvi dizer que o peso argentino está baixando.
Mas antes de viajar até Bariloche, Argemiro comprou coleção de apartamentos espalhados pela Zona Sul. Pequenos apartamentos de quarto e sala, vendidos apressadamente pelos proprietários, ansiosos para entrarem na "Bolsa que mais cresce no universo".
Obviamente a Bolsa caíra, uma semana após Argemiro ter vendido todas as ações.
Assim, temos Argemiro tranquilo, folheando o *Jornal do Brasil* em seu *nook*. D. Araci já está na praia. Adora sentir calor em sua pele morena, lubrificada por Coppertone. Argemiro nunca entendeu por que d. Araci não fica na piscina azulada, feira amorosamenre pela Aquazul.
D. Araci na areia até as onze horas, quando retorna para a banheira de mármore e o creme Nívea no rosto, meigamente espalhado pelas pontas dos dedos; almoço das crianças, almoço com Argemiro; compras.
D. Araci faz compras diariamente. Sai para "Comprar alguma coisa". Nem que seja blusa, corte de tecido, camisa para Argemiro, latinha de caviar, a comida para os peixinhos dourados, ganchos para pendurar o quadro novo daquele pintor gordo e de cabelos brancos e que bebe um litro de uísque sem cair. D. Araci é consumidora crônica, portadora do SILVERCARD.

Faraônicas,
esplendorosas profissionais fenícias,

Queens of Shebah!
Vossos olhos são como duas najas,
oh mães de família!
nas calçadas ondulantes da Zona Sul,
principalmente na av. N. S. de Copacabana,
das três da tarde até as oito.
Melíferas.
venenosas,
imprescindíveis cariocas!

Então, senhor Argemiro lendo o *Jornal do Brasil* na copa. Daqui a pouco vai até a piscina e depois marchará para a sua pequena loja de ferragens, a camisa esporte aberta ao peito, os pés sem meia no tênis macio. Antes, dará comida aos peixinhos que nadam no aquário da sala de visitas.

A loja de ferragens é seu refúgio, onde consegue esquecer a zoeira da d. Araci, as solicitações das crianças, os anúncios de televisão colorida e – surpreendentemente – ganhar algum dinheiro. Sem contar os curiós, galos-da-serra e canários-belgas, famélicos, ansiosos e pipilantes, que lá aguardam sua chegada.

Repito: o senhor Argemiro é sábio. Não quis investir seu capital em cadeia de supermercados e nem abrir série de farmácias. Para quê? Só com a sobra dos aluguéis dos já-vi-tudo, ele pode comprar outro, quase todos os meses.

Entra Carlota, nove anos, que também não gosta de praia e prefere a piscina, sendo, pois, a preferida de Argemiro:

– Pai! O moço deixou isto aqui pra você! – estendendo o envelope computadorizado: SILVERCARD: a conta de junho.

– Está bem, filhinha. Deixa por aí mesmo. Papai vai acabar de tomar café.

Finalmente, senhor Argemiro partindo para a loja de ferragens. São dez horas. Leva *attaché-case* preto, com fechadura de segredo. Hoje, calça tênis de lona carmesim, do mesmo tom da camisa bem passada.

Argemiro! Ô Argemiro! O que levas nesta pasta imponente, neste soberbo *attaché-case*? O *Jornal do Brasil*, os talões de cheque, *A verdadeira história de Buffalo Bill*, a mistura para os passarinhos, mais duas laranjas para os curiós. E isso aí, meu caro? – Pois é! – ergue os ombros, muito embaraçado – E se aquela gatinha da confeitaria me der um sorriso? – e põe o pacotinho de Jontex no bolso da calça – Ah! O envelope do SILVERCARD. Vou conferir a conta de junho!

ÁGUA GELADA E CAFEZINHO GRÁTIS

Esta loja: A SEDA CONTEMPORÂNEA: vende tecidos. Dizem que é a maior loja de tecidos da América Latina. Por que não do mundo? Por que não do Universo? Por que não?

Dez andares na avenida Nossa Senhora de Copacabana. A senhora pode subir ou descer pelas escadas rolantes, e o possante ar-condicionado lhe proporciona indescritível sensação de tranquilidade e bem-estar.

Dizem, dizem: por lá passam – em média – seis mil mulheres por dia. O que seria suficiente para esgotar numa semana a tiragem média – 5.000 exemplares – de romance escrito por autor nacional.

Dizem, dizem: 4.500 mulheres vão lá para descansar. Depositam os embrulhos e sacolas no andar térreo, esfriam os ardores com o ar-condicionado e – ocasionalmente – examinam tecidos: metros e metros daquelas fazendas caríssimas, vindas até mesmo da Índia e Japão.

As vendedoras são uniformizadas, e os gerentes e chefes de seção usam gravata e paletó. Vozes ciciantes para melhor cultivarem o respeito que merece aquele templo da elegância.

Realmente, o movimento é brutal. É a loja da Seda Contemporânea que mais vende. Mais do que as outras sete espalhadas pelos bairros do Rio.

E você pode pagar com cheque, dinheiro mesmo, ou cartão de crédito. O SILVERCARD, por exemplo, fica com cinco por cento do valor da nota. E você ainda pode tomar água gelada e cafezinho grátis.

O JOVEM EXECUTIVO HABILIDOSO E O SÁBIO ARGEMIRO

– Falei com meu advogado, sim senhor! Exijo os comprovantes das despesas de minha mulher durante os últimos cinco anos! – o senhor Argemiro esmurrando a secretária do jovem executivo. O senhor Argemiro de pé, escouchando-se por sobre a secretária (de jacarandá), exatamente no local em que a brilhante secretária (de carne crua) costuma permanecer.
– Senhor Figueiredo. Legalmente, é necessário solicitação do juiz.
– Eu não quero saber de nenhum juiz! Quero os comprovantes. O senhor...
Minha brilhante secretária! Jamais, juro, jamais imaginei tivesse tanta rapidez de raciocínio. Nunca, jamais, imaginarei seja desprovida de imaginação! És Maetternich, Fouchée Talleyrand, envoltos pela doçura de Maria Walewska. Eis Regina a borrifar o gabinete com Bom Ar lavanda.
Agora, louvemos a habilidade do jovem executivo. Ele está reclinado na cadeira estofada, e junta os dedos das mãos, qual padre meditando, e se concentra para não rir do senhor Argemiro, que se interrompe às primeiras rajadas de Bom Ar.
E, para não rir, o jovem executivo compõe expressão severa, talvez austera. Rompendo a brecha do silêncio, enquanto Argemiro espirra no lenço também carmesim:
– Senhor Figueiredo, por favor. Sabe quantos Figueiredos são portadores do SILVERCARD? Vamos dizer: uns dez mil. Sabe quantas Aracis? Vamos dizer: umas duas mil.
– É? – tom cavo.
– Claro, senhor Figueiredo. Calma.

– É mesmo?
Ouvi direito? Será que o timbre da voz será menos torturado? Ele já está se recompondo.
– É, senhor Figueiredo. Vamos examinar a operação: nós fazemos a triagem das notas com nosso computador que, além disso, verifica o crédito do usuário; faz a soma dos comprovantes, preparando o envelope a ser expedido para o usuário; além de nosso faturamento; folha de pagamento; contabilidade geral; controle de pendências, etc. etc. O equipamento tem processador central com 19.200 posições de memória, três fitas de 36Kc., impressora que imprime 400 linhas por minuto e leitora para 800 cartões por minuto!
– Meu Deus! – o senhor Argemiro arrasado pela precisão do jovem executivo.
Regina deslocando-se pelo gabinete, a lata de aerossol em sua mão direita, se encostando à estante, junto à cadeira do jovem executivo.
– Mas há um senão, senhor Argemiro – os dedos agora tamborilando na secretária. – O equipamento é maravilhoso, mas há um senão!
– O quê? O quê? O quê?
– O computador é máquina! – e soca o tampo da secretária, no que Regina se coloca em rígida posição de sentido, abaixando o tubo de Bom Ar. – O computador é máquina, senhor Argemiro! – verdade inconteste, verdade esmagadora, verdade final. A própria verdade final.
– É? É? É? – os olhos fixos de Argemiro parecem-se com os olhos do *cocker spaniel* acompanhando o rastro do pato ferido no meio do pantanal.
– E, como o senhor sabe, as máquinas são iguais aos seres humanos, senhor Argemiro.
– É? É? É?
– Elas erram, senhor Argemiro!
– Ah! Ha! Ha! Ha! Elas erram! – o senhor Argemiro chora de tanta felicidade. – Elas erram! Ha! Ha! Ha!

BREVES MEDITACÕES DO CADETE BUONAPARTE NA ESCOLA MILITAR DE BRIENNE

Esta mulher é louca! Nossa Senhora da Aparecida, padroeira da República Federativa do Brasil! Esta mulher é definitivamente louca! Como é que esta Araci Figueiredo vai pagar o Motel Astral com SILVERCARD? E foi lá três vezes numa semana. É demais! Será que ela raciocina? Será que ela sabe esfregar as meninges a fim de facilitar a passagem de corrente elétrica entre os neurônios cerebrais? Como é que pode, seu! Pagar motel com SILVERCARD. Nunca vi mulher pagar motel. Ora, já se viu? Pagar o Astral com SILVERCARD. Mas... ela não se deu conta de que Argemiro iria pagar a conta? Ou será que ela não desconfia de que o marido é quem paga as contas dela? Ou será que ela não sabe que ele é – legalmente – o responsável pelas contas dela no SILVERCARD? Pagar motel com nosso cartão! E eu que nunca arranjei mulher assim. Mulher com cartão de crédito. Duas hipóteses: é louca ou quer se desquitar mesmo! – o jovem executivo tranca a chave a porta de seu gabinete, única maneira de não deixar entrar a brilhante secretária, que soluça na antessala: seu amo e senhor deseja pensar a sós!

CENA RÁPIDA, NA MIGUEL LEMOS

– Miro, vamos ver *Toda nudez será castigada?*
– Não! – tom cavo.
– Ah! Então já sei! *O gigolô da mamãe*.
– Você não tem vergonha de falar essas coisas sórdidas na frente das meninas?

O senhor Argemiro levantando-se bruscamente da mesa, a fivela do cinto erguendo o prato de sopa de tomate, a sopa espalhando-se pela toalha nova e pingando no tapete persa.

– Miro! O que é isso?

As meninas chorando e dona Araci atônita. Coitadinho do Miro! Tem trabalhado demais!
— Bebel! Carlota! Vamos jantar. Seu pai tem trabalhado demais. Está muito cansado. Daqui a pouco ele volta. Maria, me tire esta sopa.
Essa atitude do Miro não está me parecendo normal. O que há com o Miro? Nunca vi o Miro assim. Coitadinho do Miro! Os negócios estão matando o Miro. Ele precisa tirar férias. Precisamos voltar a Bariloche. Que semana gostosa! Como foi bom! Ou será que o Miro arranjou outra mulher? Ah! Vai ver é isso! O patife arranjou outra mulher. Ele já fez quarenta anos! Idade perigosa! Vai ver arranjou uma garota. Essas garotas do Rio não prestam mesmo. Estão virando a cabeça do Miro!

OUTRA VEZ O JOVEM EXECUTIVO E O SÁBIO

— Qual é sua graça?
— Percentauro de Andrade, senhor Argemiro — o jovem executivo ligeiramente ruborizado, seu olhar acompanha o casal de moscas zumbindo pelo gabinete. Por onde entraram? Por onde entraram essas moscas nojentas?
— Olhe aqui, doutor Percentauro... — a voz indicando conformismo, os ombros arqueados indicando conformismo, os olhos abaixados indicando conformismo.
— Infelizmente o computador não errou, senhor Argemiro. Eu mesmo chequei com o programador-chefe. Não houve erro. E a assinatura é mesmo de dona Araci. Temos absoluta certeza...
Os soluços no gabinete: o troar dos canhões na batalha de Marengo! Ó mamãe! Por que tenho de trabalhar? Podia estar na praia: o dia tão bonito, os biquínis perambulando pela areia quente: comendo cachorro-quente e bebendo Coca-Cola! Ó que saudades que eu tenho, da aurora de minha vida, da minha infância querida, que os anos não tra-

zem mais! O jovem executivo nervoso, mastigando pedaços de papel e cuspindo a bolinha na cesta de papéis. Suportar a desgraça desse infeliz! Se ao menos eu fora cúmplice de dona Araci! O que que eu tenho com isso? Sinto vontade, tenho desejo de falar assim: meu caro Argemiro, até Napoleão portava guampas! Mas o infeliz me assassina! Vamos com calma, Percentauro. Vamos com calma:
— Senhor Argemiro! Senhor Argemiro! — estendendo a caixa de papel Yes. Ele vai acabar com meu papel Yes.
— Doutor Percentauro: o senhor já separou os comprovantes de minha mulher?
— Todas as cópias, senhor Argemiro. Todas! Desde a primeira compra feita por dona Araci — o rosto dele inchou! Tem fragmentos de papel Yes até na testa!
— Outra coisa: só conseguirei as cópias dos comprovantes com solicitação do juiz?
— Exato, senhor Argemiro. Espero que o senhor compreenda a nossa posição. (Meu Deus! Vai chorar outra vez!)
— E a minha, doutor Percentauro?
Novamente o ribombar dos canhões. O que descobri — e o que Argemiro não sabe — é que está na moda as mulheres pagarem. A maioria absoluta dos comprovantes do Motel Astral assinados por mulheres. As mulheres pagam! Está na moda as mulheres pagarem! E eu que não consigo uma só delas! Tenho sempre de gastar meu precioso capital. Por que não consigo dessas mulheres pagantes? E por que mulheres pagantes só frequentam o Motel Astral? Por que as mulheres não pagam os outros motéis? O que há com o Motel Astral? O que há com o Motel Astral? O que é que há com o Motel Astral?
— Regina! Me chame o Hércules Pereira! — Napoleão retomando a iniciativa do combate. Kellerman vai cobrir o flanco esquerdo e Davout avançar pelo centro! Vive l'Empereur!

ACASO OU NECESSIDADE?

Hercule Poirot, quero dizer, Hércules Pereira no Motel Astral. Sentado no escritório do gerente, lendo *Veja* de dois meses atrás. Cofiando o bigode, os pelos bem dispostos por brilhantina Coty, a curiosa cabeça meio inclinada, o senhor Hercules Pereira está lendo *Veja*. O senhor Hércules é fiscal do SILVERCARD. As palavras de Percentauro:

– Nossa missão é descobrir por que tantas mulheres pagam o Motel Astral com nosso cartão de crédito. Cada nota paga com nosso cartão deve ser checada. Quero saber quantos homens e mulheres usam nosso cartão no Motel Astral.

Agora, sentado no escritório do gerente, Hércules só tinha dúvidas. Nenhuma mulher pagara o motel com cartão de crédito! Por que Percentauro foi inventar essa história?

Assim, Hércules fuma os cigarros do gerente, e come e bebe de graça, lá mesmo no escritório do gerente, escolhendo as fitas gravadas que desejasse ouvir.

Lastimavelmente, o mistério do Motel Astral não existe. O senhor Hércules sendo acordado no meio da noite pelo subgerente:

– Olhe só! Mais um portador do SILVERCARD.

Hércules retornando ao sofá onde dormia, debaixo do aparelho de ar-condicionado, e dispondo o jornal sobre o rosto: a luz do escritório acesa a noite inteira.

Todos os portadores do SILVERCARD são homens! Hércules cofiando os bigodes negros. Se até a véspera de minha chegada, só mulheres assinavam! Essa coincidência: acaso ou necessidade?

– Senhor Hércules, até quando o senhor pretende ficar aqui? – o gerente não consegue esconder a raiva que sente. Por que esse cavalheiro cismou de ficar aqui? Atrapalhando o nosso negócio. Ele bem que podia fiscalizar o Motel Pederneiras.

– Até o fim da semana. Só fico até o fim da semana – e continua a palitar os dentes com fósforo.
É. Não faz sentido ficar aqui. Tudo direitinho. Nenhum problema. Eles são honestos, amáveis, dinâmicos. Nenhuma mulher pagou motel com nosso cartão. E desde quando mulher paga motel? É necessidade. Não tenho mais dúvidas.

NOTAS REDONDAS E QUADRADAS.
QUADRADAS?

– Outra coisa: o Motel Astral cobra importância redonda, exata. Mas repare: todas essas notas são quebradas. Olhe só – Percentauro espalhando as notas sobre a mesa do programador-chefe.
– Mas os quebrados podem representar Coca-Cola, café. Qualquer coisa assim.
– Pode ser. Mas então por que todas as notas pagas por mulheres são quebradas? Olhe só, Zé Paulo. Não há exceção. Notas assinadas por homens: em geral, redondas. Notas assinadas por mulheres: sempre quebradas.
– E Hércules? O que disse Hércules?
– Sente algo errado. Mas ainda não descobriu o quê.
– Se ele sente é porque tem.
– Claro, claro – Percentauro recolhendo os comprovantes. – Zé Paulo! O que você faz num motel?
– Qual é, Percentauro?
– Você chega lá, manda a sua brasa e sai correndo, não é? O que você não percebeu é que não há fração de centavo nos preços de bebida e comida nos motéis. Estudei a fundo a lista de preços do Astral. E mais, Zé Paulo: nenhuma mulher assina nota aos domingos. Nunca aos domingos! Parece até aquele filme. Por quê, Zé Paulo? Por quê?
– É verdade.
– Onde será que o carro pega?

E agora, fogoso Percentauro? Serias capaz de alinhar os dados importantes? O bloco de memorando se recobre da letra larga do jovem executivo habilidoso:
– Mulheres assinando notas no Astral;
– Mulheres não assinam notas nos outros motéis;
– Sempre quantias quebradas;
– Nunca são assinadas aos domingos.

Falo com o chefe? Passo o meu atestado de incompetência? Não! É cedo ainda. Vamos devagar, Percentauro. Legalmente, está tudo certo. Por enquanto, só houve o problema do Argemiro. E o problema é dele, não é do SILVERCARD. O SILVERCARD está sendo pago, o Astral está satisfeito conosco, apesar de ser modesto cliente, eu estou satisfeito com meu trabalho, o SILVERCARD está satisfeito comigo. O computador está satisfeito com o SILVERCARD, e o SILVERCARD está satisfeito com o computador. Mamãe me adora e a secretária me venera. Então, por que não estou feliz? Doutor Percentauro, eu juro que a Araci me é fiel! O senhor não disse que os computadores erram? Huh! Huh! Huh! Huh!

DONA ERCÍLIA FAZ ANOS

Algo determinou que dona Ercília, a mui digna mãe de Percentauro, nascesse no dia 10 de agosto. Embora nunca diga o ano, acentua ser do signo de Leão. O que não tem nada a ver conosco.

– Regina, mamãe faz anos no dia 10 de agosto. E agora?

A brilhante secretária trocando a caixa de papel Yes vazia por outra nova:

– E agora como?

Talvez Regina tenha necessidade de otorrino. Talvez Regina tenha necessidade de pentear os cabelos para trás, assim liberando os ouvidos.

— Regina, o que seria mais adequado para mamãe? Estou pensando em matéria de presente, compreendeu? Presente de aniversário.
— Seu bruto!
Vive arrumando esta cadeira. Por que não se preocupa com meu relatório? Três dias para bater um relatório!
— Larga o espanador aí, Regina! O que é que eu dou para a mamãe?
— Ah!
Um dia desses, ela terá enfarte. Esse esforço todo para pensar é muito fatigante. E se eu quisesse despedi-la?
— Não franze a testa, Regina!
Um copo de estanho? Para quê? Um cubo de acrílico para guardar fotografias. Não gosto. Uma cesta de couro para revistas. Já temos quatro. Uma televisão. Já temos três, uma para cada membro da família. Você não tem irmãos? Não, e daí? Não gosto de seu jeito. E daí? Deixe de ser bruto comigo. Regina, e o presente? Um livro. Mamãe não gosta muito de ler; depois, é barato demais. Uma joia? Mamãe não usa joias; é muito antiquada. Um lenço para os cabelos, ah! Não faz sentido. Seu burro! Altar não-sei-o-quê é ara. A-R-A. Puxa! Essa está difícil, não é? Cadê o dicionário de palavras cruzadas? Um chapéu! E mamãe vai usar chapéu? Me dá um chiclete! Quero dançar nesse fim de semana, me leva? Capa de chuva! Besteira! Está frio mesmo, hein? Quer que eu desligue o ar-condicionado? O QUE É QUE EU VOU COMPRAR PARA MAMÃE? Calma! Calma! Que tal um vestido? Não adianta, Regina, ela vai ter de consertar. Um corte de tecido, seu burro! Que horas são? Um corte de tecido, e pronto! São dezessete horas! Um corte de tecido. É mesmo! Por que não? Um corte de tecido. Dezessete horas?!

Lápis largados no espaço. Dezessete horas! Termina mais um dia de trabalho. Percentauro colocando o paletó. Vou até o banheiro me arrumar, benzinho! Não tolero dirigir em Copacabana de tarde! Olha só esse animal! Cachorro! Vê se você me descobre uma vaga. Hum-hum. Você tem certeza: aqui mesmo? Claro, benzinho! Eu compro tecidos aqui. Mas que movimento, seu! Mamãe é morena, tem cabelos pretos: mais, ou menos um metro e setenta. Magra? Magra. Então, queremos este aqui. O senhor poderia pagar na caixa? REGINA, CADÊ MINHA CARTEIRA? Regina, eu não sabia que você tinha nosso cartão. Imagine! Depois eu pago a você. Ora! Quando o computador vomitar a sua conta mensal. Gostou da fazenda? Gostei! Gozado! A conta era quebrada. Parece até preço de lata de banha em supermercado.

E eu que não sabia disso: Regina tem SILVERCARD. Vai ver ela é rica. O pai é rico. O pai deve ser o responsável pelo cartão dela. Primeira vez que mulher me paga alguma coisa. Preciso descobrir quem é o pai dela. Ah! Ah! Uma mulher pagante!

– Regina, qual é mesmo o nome da loja? – A Seda Contemporânea.

É PROBLEMA DE PERCENTAGEM

– Dr. Percentauro, bom dia!
– Bom dia! Quem está falando? – como sempre, a prezada Regina se esqueceu de me dizer quem é. O telefone chia:
– Argemiro Pinto Figueiredo.

É aquele senhor do desquite. Lá vem problema! O que será dessa vez? Por que a Regina não disse que eu estava de férias? Ou morto! A solução final.

– Pois não, senhor Figueiredo.
– É o seguinte, doutor Percentauro. Já estou com aquela solicitação do juiz. Lembra-se? A solicitação para entrega dos comprovantes de minha mulher. Quero dizer: dona Araci.
– Pois não, senhor Figueiredo.
– Posso ir aí pegar os comprovantes?

Os comprovantes. Eu já me esquecera desses comprovantes. Os comprovantes de dona Araci. Sei lá onde estão os comprovantes. Onde será que a Regina arquivou os comprovantes?

— Pois não, senhor Figueiredo. Amanhã, depois do almoço. Hoje estou bastante ocupado.

— Regina! Me dá os comprovantes da mulher do Argemiro. O nome dela: Araci Figueiredo.

— Já vai, benzinho. Estou vendo minha conta de julho. Ih! Como gastei dinheiro! — a voz saindo mais grave pelo interfone.

É impossível. É humanamente impossível suportar essa falta de compostura comigo. Tenho de tomar uma atitude. Imagine se alguém estivesse aqui, no meu gabinete! Que vexame! O chefe sabendo disso me mata! Pior: dispensado na hora. Voltar para a monotonia da praia: aqueles biquínis trêfegos e tediosos a desfilar, aquele sanduíche Geneal, aquela Coca-Cola infantojuvenil. Eu tenho de tomar uma atitude! Como? Despedi-la? Eu vou...

— Amorzinho! Amorzinho! — as duas mãos cheias de comprovantes, a brilhante secretária já na porta, pés descalços, cabelos ao meio da face.

— Dona Regina!

Mas a brilhante secretária se precipitando para Percentauro. A brilhante secretária descobriu a lei da antigravidade, a perenidade da matéria viva, a teoria da não relatividade, mais a origem dos 'buracos negros'. Esse ardor nos olhos é raiva? Essas manchas escarlates nas faces são ódio?

— Olha só, benzinho! — Espalhando os comprovantes do SILVERCARD sobre a mesa do jovem executivo.

Dizem, dizem: as mulheres latinas são mais femininas. Eu afirmo: são mais teimosas! E o que tem uma coisa com a outra? Nada! Mas qualquer coisa é a mesma coisa. Polvo à espanhola com *milk-shake* de chocolate! Vamos olhar, Percentauro!

E Percentauro olhou. Aquele comprovante verdecolorinhado.

— E daí?

— A firma, benzinho. A firma aqui neste canto! — indicador apontando o canto superior direito. — Motel Astral!
Regina fora ao Motel Astral! Regina pagara a conta do Motel Astral! Psicólogos e sociólogos acentuam a franqueza da juventude contemporânea. Essa franqueza constituirá os alicerces da futura civilização. Mas eu não tenho nada com isso! Eu não estou interessado na futura civilização. Eu vivo nesta civilização! Ó meu Deus! Eu crendo numa Regina pura, sadia física e mentalmente, aguardando minha resolução!
— Benzinho, você está pálido. Está se sentindo mal? Estou me sentindo mal. Agora sei o que sentiu o senhor Argemiro. Mas tenho de me controlar. Isso passa já. Será que vou ter enfarte? Fazer enfarte? Coitado do senhor Argemiro. Coitado do Percentauro. Não, eu não vou bater nessa sem vergonha. Não, eu não vou me rebaixar. Não, eu não vou chorar! Eu, Percentauro de Andrade, me preocupando em educar essa cínica. Desejando ela fosse ativa, culta, boa companhia. Boa mãe para meus filhos! Ela não tem princípios morais, ela está feliz! O jovem executivo aperta a borda da mesa. As juntas dos dedos se tornam brancas, o rosto sem cor.
— Amorzinho! Esta é a nota que assinei lá na Seda Contemporânea, se lembra? Quando compramos o corte para dona Ercília. Você se lembra da quantia? Olha só!
Um dia, fiz um pequeno balão japonês. A bucha minúscula. Empapada de álcool. Acendi a bucha. O balãozinho subiu reto. Então, a cara de Percentauro murchando como o balão japonês, depois de queimar álcool. Lentamente.
Senhor Argemiro, os computadores erram! Erram? Senhor Argemiro, os seres humanos raciocinam. Raciocinam?
Mas mal, senhor Argemiro! Seguindo conceitos prefixados, senhor Argemiro! Isso, Percentauro! Isso, meu caro! Calma! Calma, rapaz. Escute o que ela está dizendo, e não o que você deseja ouvir. Uma sutil diferença. Os computadores erram, *ergo*, os seres humanos erram, *ergo*, eu erro.

— Regina, exatamente! Essa foi a quantia que pagamos lá na Seda Contemporânea!

— Foi, amorzinho — a brilhante secretária saltando alegremente, a mão de Percentauro em sua espádua direita, as duas cabeças coladas, o comprovante: fosforescente, gigantesco, glorioso: em cima da mesa.

— Regina, chama, me chama o Zé Paulo, o Hércules, o meu chefe, o presidente do SILVERCARD...

NAPOLEÃO, TALLEYRAND, MAIS A DUQUESA WALEWSKA

— É problema de percentagem, senhor Argemiro.

— Percentagem, doutor Percentauro?

Acho que o senhor Argemiro debocha de mim. Será que o senhor Argemiro está debochando de mim? Percentauro levanta os olhos para o rosto à sua frente. Ditoso. Aquela aparência de Lázaro se erguendo do túmulo. Não, o senhor Argemiro não está debochando de mim. O senhor Argemiro está na lua. O senhor Argemiro vive, novamente.

— Pois então. O dono do Motel Astral simplesmente trocava os comprovantes do SILVERCARD com o dono da Seda Contemporânea. Eles são muito amigos.

— Mas como, doutor Percentauro?

— Ora, não tem aquele lugar para se colocar a plaquinha da firma filiada? Pois o dono do Astral não colocava a sua plaquinha. Deixava o nome da firma em branco.

— Não estou compreendendo, doutor Percentauro.

— Vamos supor, senhor Argemiro, que o senhor fosse ao Motel Astral... Pede a conta, dá seu cartão, assina o comprovante e guarda seu cartão. O senhor vai checar todo o comprovante? Claro que não. O senhor vai checar a quantia. O senhor não vai se preocupar em verificar se falta — ou não — a identificação do Motel Astral, lá no canto superior direito do comprovante.

O rosto do senhor Argemiro se aclara:
– Mas para que trocar os comprovantes?
– O Astral nos paga dez por cento, e a Seda nos paga cinco.
– Uma questão de percentagem, doutor Percentauro. Entendi, doutor Percentauro! – agora, o rosto do senhor Argemiro demonstra compreensão, o bigode se afina com a boca que se abre. Sorriso feliz. O senhor Argemiro finalmente entendeu!
– Ah! Ah! Ah! O dono do Motel Astral só deixava cinco por cento para o SILVERCARD, não é? Ah! Ah! Ah! Mas as mulheres? Por que as assinaturas das mulheres?
– Uma boa pergunta, senhor Argemiro. Isso me fez pensar bastante. Mas é fácil. Todo dia, um rapaz ia até a Seda Contemporânea entregar os comprovantes do Motel Astral. Os comprovantes do movimento do dia anterior. Porém... só mulheres assinavam os comprovantes da Seda Contemporânea. Quando os comprovantes da Seda chegavam ao Astral, o gerente colocava a sua plaqueta no lugar adequado, que estava em branco. E o caixa da Seda fazia a mesma coisa. Depois, quando pagávamos às duas firmas, eles faziam a liquidação financeira entre eles, o Astral devolvendo sempre mais um por cento das notas enviadas pela Seda como pagamento. Acabava ganhando quatro por cento.
– Ah! Ah! Ah! – o senhor Argemiro rindo tanto que seu rosto se torna apoplético.
– Senhor Argemiro!
– Ah! Ah! Ah! E os outros maridos, doutor Percentauro... os outros maridos!...

HIRSCH & AGESILAU, CARA DE PAU

I

Eugen Aloisius Hirsch arrepanhando as grossas sobrancelhas para cima, após ter – cuidadosamente – torcido os fios escuros. Na base do nariz elas são, pois, espessas, afinando-se depois até se transformarem em pontas agudas. Ao dirigir os globos oculares em direção ao nariz, no que verga as comissuras da boca para cima, transforma-se na caricatura grotesca de mandarim fracassado.

Mas se entreabrir os lábios os bigodes se eriçam, obtendo assim efeito fantástico. E fica muito feliz ao ouvir:

– Hirsch, você é um vampiro aterrador.

Saca do bolso dentadura de plástico branco, adaptável à sua dentadura natural – ele está colocando a dentadura de plástico – eis a personificação do conde Drácula! A dentadura de plástico possui incisivos muito longos.

Tenta falar, mas não consegue. O plástico é meio rígido e dificulta a articulação do maxilar. Erguendo agora os braços para cima, dobrando os antebraços, flexionando os punhos para baixo e relaxando os dedos.

– Hirsch, você é um vampiro epilético.

Termina por retirar a dentadura, recompor os olhos, mas se esquece das sobrancelhas retorcidas.

— Ontem fui à casa do Chico, saí de lá às duas da manhã, acordei às oito, fiquei revendo um conto até as onze e meia. Fui à José Olympio, depois à casa de um amigo...
— Este seu amigo ganha bem?
O problema do Hirsch é sempre financeiro. Por isso, quer sempre saber se as pessoas ganham bem. Já tentei explicar ao Hirsch a diferença entre um problema econômico e um problema financeiro.
— ¿Pero es siempre plata, no?
Enquanto engolimos algumas cervejas e trucidamos quibes e *pizzas* de mozarela, tento expor-lhe meu problema:
— Por que você não faz as minhas capas tão boas quanto as capas de meu pai?
Hirsch já fazia as capas dos livros de meu pai. E posso garantir que as capas de meus livros são bastante inferiores. Diminuição de talento? Mais idade? Editoras diferentes?
— No es nada disso, che.
Mas são inferiores, Hirsch, não têm relação com o texto. Afinal, é briga velha honrada, já tradicional:
— ... sabes que una volta tu padre me dijo...
Naquele tempo eu tinha dinheiro. Ganhava bem, seu! Morava numa casa na avenida Niemeyer. Acho que só tinha a minha casa e mais três. Ou quatro. Ou cinco.
A casa de dois pavimentos: eu trabalhava no andar de baixo e morava em cima. Quero dizer: eu morava embaixo e dormia em cima. É a mesma coisa, não? Um quintalzinho atrás, um jardim na frente. As roseiras enlanguescidas: a maresia muito forte.
Acabei com essas capas francesas. Essas horríveis capas geométricas francesas, tão cartesianas e que não tinham relação com o texto. Assim como as capas que você faz para meus livros, não? Capas chamativas, bem equilibradas, originais e fortes: minha contribuição – minha! – à indústria de livros do Brasil.
Capas visualmente bem realizadas. Eu vivia – vivo com capas. E sou uma capa de uma só cor. E não se deve ter

automóveis. Deve-se utilizar táxis. Naquele tempo eu só andava de táxi. Como lorde!

E como fazia capas! Eu não dava vazão aos pedidos. Todo dia, nova capa para fazer. Apesar de ser caro o material, e ter desconto de INPS e de Imposto de Renda, eu ganhava bem, seu! Só andava de táxi. E agora tem até o ISS!

O bom mesmo é ser editor. É problema estatístico: em cem livros, dez pegam. E os estímulos? Olhe só: coedição com o Instituto Nacional do Livro, a Secretaria de Educação e Cultura de São Paulo, e a do Estado da Guanabara, o não pagamento de ICM. Só pagam mesmo Imposto de Renda. Assim é fácil, não?

Nós temos descontos de ISS, INPS, Imposto de Renda, mais a não aceitação da capa ou do livro. E – normalmente – a pessoa que encomenda a capa entende tanto de capas quanto eu entendo de mirmecologia, que é o estudo das formigas, se você não sabe. Perco mais tempo explicando o que é a capa do que fazendo a capa.

E capa, capa, capa. Mas nunca me cansa. Nunca. Eu sou a capa de mim mesmo. Só preciso pôr mais cores, hein? Quatro cores, hein? Com quatro cores, quantos efeitos se obtêm...

Agora, estou passando pela loja de brinquedos. Estou sempre passando: pela Áustria, pela Argentina, pelos Estados Unidos... Que tal umas aranhas de borracha? Tem até cobrinhas de cortiça, e copos com líquido colorido: servem para fingir que vamos derramá-lo nas outras pessoas. Cigarros que explodem e palhaços que pulam das caixas.

– Mas não desejo nada disso!
– Então vamos ao segundo andar.
– Um dragão verde!

O dragão verde: cinco metros de comprimento! A cabeça: três metros de altura: e não estou bêbado, não!

A vera razão de minha existência! Hirsch alisando o dragão verde. Em tamanho natural, feito de *papier-mâch*é, cuidadosamente disposto no arcabouço de metal. A língua bífida e carmesim. Os olhos rubros e verdes. Uma serrazinha nas costas.

Hirsch abraçando o dragão verde. Se ele diz ser aquele o tamanho natural dos dragões é porque ele sabe o que está dizendo. Trata-se de emérito conhecedor de dragões e vampiros, pois descende de Elisabeta, princesa da Transilvânia: o próprio vampiro original, merecedora de artigo no *Time, The Weekly News Magazine*. E também descende do conde Drácula, cujo palácio acaba de ser descoberto na Rumânia, merecedor de artigo no *Le Point*.

Eugen Aloisius Hirsch e o dragão verde, a mão escorregando pelas escamas: o contorno de pintura preta: acompanhando a curva das unhas prateadas, a ondulação muito suave da cauda contorcida.

Então, consegui adiantamento sobre capas futuras, o dragão verde era muito caro. Custava – praticamente – o preço de fusca zero. Eugênio: enquanto escrevo isto, cinco homens se movimentam pela casa: estou de mudança. Adeus avenida Atlântica! Adeus brisa marinha agitando meus cabelos! Mas sinto-me satisfeito com tanta fleugma: tenho conseguido escrever em aviões atravessando turbulência; em ônibus-leito para o Sul; no automóvel que eu dirigia, indo para Berlim, no gravador, claro.

Evidentemente, esse adiantamento significava mais trabalho por dentro da noite, mais capas, mais tinta nas mãos cansadas. Mas eu queria o dragão verde! O nome dele: Agesilau, cara de pau.

Consegui também um caminhão da Fink: caro, seu! Fui na boleia do caminhão, seguindo pela avenida Niemeyer. De dentro da boleia não conseguia ver Agesilau. E fomos pela Niemeyer até a casa.

Descobri que Agesilau não passava pelo portão: chamei pedreiro desempregado que morava lá perto de casa, na estrada do Tambá. O pedreiro me arrebenta o muro da frente e conseguimos instalar Agesilau no jardim, bem defronte à sala onde eu trabalhava.

Ah! Que dia bonito! A luz do sol descendo pelas montanhas, raspando lá em casa e batendo no mar lá embaixo!...
Assim, eu fiz três capas naquele dia glorioso. E não precisava sair para ver Agesilau. O corpanzil bem na minha frente, lá no jardim.

Hirsch alisando Agesilau nos momentos de cansaço, enquanto retirava a tinta seca das mãos. Naquele dia não comeu e não bebeu: muito trabalho, tanta emoção. Um passarinho distraído sujou a espinha dorsal da gigantesca personagem, mas Hirsch não pôde limpar-lhe a cara. Nenhuma escada chegaria ao topo de Agesilau.

Dormi de cansaço, esparramado sobre a prancheta, enquanto o pedreiro ainda empilhava os tijolos. O pedreiro funcionava embriagado: bebera garrafa inteira de cachaça.

No dia seguinte, ao abrir os olhos, reparo nas finas tiras de metal: circulares ou retangulares, bem soldadas, constituindo gigantesco arcabouço. Primeiro pensei que fosse algum louco andaime, erguido pelo pedreiro embriagado.

Corri para o jardim: quilos de *papier-mâché* decomposto no solo. Chovia, meu Deus! E OS URUBUS FAMINTOS AGUARDANDO, empoleirados nas tiras de metal.

II

– Eugênio, então vou-lhe contar sobre o DRAGÃO. Não aquele seu, de *papier-mâché*, mas um dragão de carne e osso, que botava fogo pelas ventas:

TAMPULHO SEM BANHEIRA

Atenção, meu camarada, que nem tudo são histórias, havendo muito angu sem fubá e tampulho sem banheira, *foecundi calices quem non fecere disertum*, pois *privatio proesupponit habitum*, eu nem me lembro mesmo do que Gargântua disse a Grandgousier:

Toujours laisse aux couillons esmorche
Qui son hord cul de papier torche.

Os arautos percorreram o reino de Guaxupé, lendo a proclamação esperançosa:
– Quem matar o dragão casará com a princesa!
Ardorosos cavaleiros entraram pelo cano, uns tentando lancetar o dragão, outros, decapitá-lo com montante, mas eram torrados pelas labaredas que jorravam ininterruptamente das fauces do bicho louco, apesar das mais espessas armaduras e caras de pau.

A doce princesa habituara-se a permanecer na abertura da caverna, onde o pertinaz lança-chamas digeria – entre arrotos e ventosidades – os uniformes dos astronautas, onde bordaram: NASA. As diáfanas mãos se contorcendo cada vez que um dos nobres fechava o paletó.

Há de notar-se o esplendoroso pranto universal provocado pela morte do russo Komaroff, astronautinha que muitos pensam flutuar na ionosfera. Dau-dau Daudauzinho Dau-dau, juro pela Saúde da Mulher que o tipo virou churrasquinho do Hanacorp – que é o dragão, se vocês não sabem.

Hanacorp engordava, tranquilo, papando os ministros e príncipes e viscondes, com merdalhas e tudo, financiado pelo Time & Life, Drops S/A, e muito bem assessorado pela CIA & CIA.

Afamados gastrólatas vinham do império Ulissiponense e quedavam-se babados ante o brutal apetite do bichinho, e ofereciam-lhe US$ 100.000,00 por ano para viver no reino de Engula e papar carninha preta já temperada.

Mas Hanacorp não deixava Guaxupé: talvez imaginando casar-se com a princesa, talvez acabar com o excesso de natalidade, produzindo-se então aquele salutar equilíbrio entre o PNB e a taxa de crescimento populacional, como deseja publicamente o Galhardo Porres, um dos magos da Corte.

Assim, a mitologia guaxupense declara que um dia...

As coloridas plumas do capacete agitavam-se à brisa vespertina e as letras da camiseta anunciam: The Original Harlem Globetrotters, e a pistola de raios beta chocava-se contra a malha purpúrea que moldava as bem torneadas pernas de Agesilau – O Casto Príncipe.

Os proletas e capitalistas de Guaxupé abriram alas para Agesilau passar, o leque fechado na mão de mestre--sala muitas vezes premiado, um ó reprimido erguendo-se da multidão embabacada.

Agesilau dirigiu-se à caverna, e a doce princesa chorou de emoção:

– Meu herói, meu herói!

... e ... Agesilau saca da pistola, mata a princesa e casa com o dragão. Afinal, Agesilau era bichona.

BERDACHE

A cadeira é bastante incômoda: se me encostar ao assento, a pele dorsal parece que se vai inserir no plástico branco: estou sem camisa. Mas a mesa é também bastante incômoda: baixinha, tenho de escrever todo curvado. A mesa tem o tampo de fórmica, branco-gelo, e os pés torcidos.
    Todavia não posso me queixar. Estou escrevendo. São vinte e seis minutos. O dia: 21 de setembro. Acabo de tomar sopa Maggi com cinco torradas. Duas canecas de sopa Maggi: galinha com *curry*. Tão esfomeado: me esqueceu o gosto da sopa Maggi.
    O cheiro de tinta fresca e DDT. As janelas abertas, mais as portas da cozinha e do banheiro. Pilhas de coisas a fazer. Onde vais tu, esbelto infante? A não vontade de beber álcool. Com passo lesto a marchar.
    Assim: comendo *pizza* no almoço. Conseguindo o milagre: pedaço de orégano me trincando o dente. Mastiguei o pedaço de orégano exatamente no ponto de clivagem. A lasca do molar inferior esquerdo. Pus a lasca no envelope. Recordação de dia maravilhoso: nova mudança.
    Colocando vela numa lata vazia de sardinha. Ainda não me habituei a este colchão duro. Mas posso ler na cama. A relação de coisas a fazer hoje:

    continuar a lenta mudança,
    comprar o globo de luz para o quarto,
    resolver o problema de comida: colocando

prateleiras na cozinha? Que tal um armário? E o espaço para a geladeira? Ô Souza: e os fios para as lâmpadas do armário?

Certo: o banheiro já está pronto. Duas prateleiras para o banheiro. Pelo menos duas. Um simples chá com torradas. Brasso para polir metais. Sensação de cansaço. Eu vinha num ritmo tão bom! De repente parei. Mas não importa. Com cansaço ou sem cansaço vamos prosseguir. Ponho ponto de exclamação?

O curativo posto no dente pelo dentista caiu. Tenho de voltar ao Ney, o dentista. Guardando a lasca do molar em pequeno envelope. "Segunda-feira preparo o molde." Pendurei um quadro debaixo do interruptor do quarto--escritório-rouparia: a capa de *Combati o bom combate*.

Agora, vamos fazer isto em forma de ficção, Berdache – BERDACHE – como título é bom. BERDACHE é *sioux*. Uma tradução incorreta: bicha. Uma tradução poundiana: lânguido. Berdache é uma palavra bastante viscosa, vaga, que se prolonga:

BERDACHE

Por último, os manuscritos. Dois livros inéditos, mais o sexto, já quase terminado – este aqui –, mais o plano do sétimo. Fazia muita fé no sétimo. O sétimo será – realmente – livro inédito em língua portuguesa. Quem sabe, talvez em todas as línguas. Embora não houvesse lido todos os livros jamais escritos, ou pelo menos editados. Não poderia mesmo afirmar: inédito em todas as línguas. Porém a gente sempre tem fé no próximo.

Lastimavelmente, todos os seus escritos cabiam numa valise de lona xadrez. Com a minha idade, Hemingway estava na Espanha cobrindo a Guerra Civil e filmando com Jory Ivens. Já tinha escrito *The Sun Also Rises*, *A Farewell to Arms* e *The Killers*. Mas em compensação, Henry Miller ainda não escrevia.

Deu um chute na valise, a marca da sola de borracha no tecido vermelho preto azul. O pequeno busto de Eça de Queiroz: tintas cinzenta preta branca. Três meses pintando a cara do Eça de Queiroz: terapêutica ocupacional: os momentos em que não conseguia escrever ou em que a vida lhe parecia pesada ou vazia. O pequeno busto de Eça de Queiroz na estante, à frente da Enciclopédia Britânica.

O escritório com três secretárias: a sua, a do pai, a da máquina de escrever, onde Argollo trabalhava. A estante ao fundo, ocupando parede inteira. Uma estante de canela, amarelada e digna, onde se alinhavam seus livros de Antropologia, Sociologia, Política, Economia, Direito e as obras dos malucos: Sartre, Camus, Hemingway, Miller, Adelino Magalhães, José de Alencar, Jean Gênet, Beckett, Rabelais, Pound, Dashiell Hammett, os versos do pai, do avô, dos primos e os romances da prima.

Os primos eram conhecidos, fazem parte das literaturas portuguesa e brasileira, a prima também, embora não seja conhecida ou reconhecida. O pai também é conhecido, não pelos versos mas pelos livros didáticos.

Personville era dita Poisonville, em *Red Harvest*, do Dashiell Hammett; a estante sendo desmontada para a Primeira Grande Mudança, *The Meaning of Evolution*, de George Gaylord Sampson, se desmantelando, bem como o *ABC of Reading*, de Pound. Pound lembrava-lhe Charles Martel, talvez o ato de bater – To pound. Charles Martel na capela de São Diniz, e os outros reis. Ou Guesclin, o grande, tão pequenino que parece criança. O Condestável. Também na Capela de São Diniz. Os ossos foram saqueados na Revolução Francesa. E meus pensamentos foram também sendo – paulatinamente – saqueados pela idade.

Após a Segunda Grande Mudança, a estante foi cortada pela metade. Também, os livros de matemática não eram mais necessários. Agora, aumentam cada vez mais os livros dos malucos. Nunca pude compreender por que os malucos escrevem. Talvez eles escrevam como eu pintava o pequeno busto do Eça de Queiroz. Uma forma eficaz de aliviar tensões: dedicar-se com total concentração às tarefas que surgem, mesmo as mais humildes e simples. Este o segredo existencial?

Por isso, Rabelais perguntava a seus leitores:

"Vocês já viram um cachorro encontrando algum osso com tutano? Como disse Platão, lib. II, de *Rep.*, é a besta mais filosófica do mundo. Se vocês já viram, devem ter reparado com que devoção ele o vigia, com que cuidados o guarda, com que fervor o segura, com que prudência o limpa, com que afeição o quebra e com que diligência o suga. O que o impele a proceder assim? Qual é a esperança de seu estudo? O que ele quer, afinal? Nada mais do que um pouco de tutano!"

Jogando a valise no banco traseiro do Volkswagen.

MEU FUSCÃO AMARELO

Em janeiro, antes de começar mais uma peregrinação pela Europa, fiz um balanço geral: 64kg, três filhos, três livros editados, três livros e cerca de 20.000 filhos inéditos – o que representa grande esforço, convenhamos –, mais dois maços de Minister por dia, e menos de US$ 1.000 recebidos por livro.

Infelizmente, perco mais tempo tentando escrever do que tentando produzir filhos, apesar do sensacional resultado acima transcrito, enganador *in extremis*. À primeira vista pareceria fácil inverter as operações, mas as consequências financeiras não seriam invertidas: ou seja, ter filhos também não dá dinheiro.

Assim, tento desequilibrar os índices: ter mais livros editados. Afinal, uma Remington custa US$ 100,00, um caderno espiral, menos de US$ 1,00, e posso tentar escrever pela manhã – antes da praia – e tentar produzir filhos à noite – antes de dormir.

Não que eu tenha preconceitos: eu poderia escrever à noite, por exemplo. Mas o clima de minha cidade é desfavorável a intensas atividades físicas diurnas. Por isso, prefiro fazer ginástica abdominal à noite.

Escrevo ginástica porque é ginástica mesmo. Correr na areia da praia, nadar na piscina do Campestre: mera preparação orgânica para escrever de dia e fazer ginástica à noite. E dizer que Hemingway não fazia ginástica quando escrevia... Seus sucos vitais se tornavam viscosos, obstruindo aquele poderoso cérebro tantas vezes amassado!

Meu amigo Sérgio Rosa voltava de Caxambu, foi tragado por uma tromba-d'água (?!) e perdeu o carro. Agora espera o dinheiro do seguro para comprar outro. E me declara não poder fazer ginástica sem carro: "Feliz é você que pode operar à noite."

Meu caro Sérgio: é a presente para informar-lhe: eu escrevo no meu Fuscão amarelo e faço ginástica no King's, no Mayflower e no Havaí, que têm piscina dentro do quarto, sabia? Você sabe sim!

Após longos anos com dores lombares, torcicolos, porta-luvas quebrados e roupas amassadas, descobri as delícias da cama, do chuveiro e do uísque servido no quarto: sem cãibras, entorses ou suor.

E menciono tudo isso porque sou mesmo narcisista e simpatizo extremamente comigo mesmo: meu corpo e minha cabeça: limpos, saudáveis e funcionais, apesar dos cigarros e do uísque. Todavia, descobri pasta de dentes para tirar as manchas de nicotina e tomo complexo B a fim de evitar eventual cirrose. Sem contar os dois litros de mate que ingiro diariamente, cheios de ácido pantotênico.

Escrevo assim: gravador no banco a meu lado, microfone pendurado no pescoço, rádio Mundial tocando, a Delfim Moreira, Niemeyer e Rio-Santos a passarem. De vez em quando limpo o suor da testa com papel Yes e vejo a garota de biquíni na calçada. Embora goste de ficar em casa: tenho a brisa e o fragor do mar, e vários quadros pintados pelo Frazão: em geral, pesadelos policrômicos.

Acentuo tudo isso porque voltei a escrever e decidi fazer um livro. Qual? Não sei, mas não importa: sempre começo pelo título. Quando nem tenho prefácio e nem título, falo de mim: afinal, eu também não me tenho.

Descendo a rua Xavier da Silveira até a praia. Durante, dez anos correra naquela areia. Agora dizem: "Copacabana se parece com Miami." Talvez pelas calçadas largas e a divisória entre as pistas. O plano inicial era não haver cruzamentos: uma das pistas afundaria debaixo da outra. Como sempre, foi executada com cruzamentos, alternativa mais barata e que será a mais cara no futuro.

Praticamente não choveu este ano. Calor incessante. Aposto: ainda fará frio. O suor embaçando as lentes dos óculos escuros. A garota de biquíni e o pastor-alemão.

Quantos pastores-alemães tiveste? Rex I, Rex II, e Cibelle de Rossamme. Era bom remédio para depressão: ler o *pedigree* de Cibelle. A quantidade de Vons o fazia sentir-se importante.

Pequenos pontos de ferrugem no Volkswagen: mais uma vez a maresia. Levar o carro ao lanterneiro. Prioridade número vinte e cinco. A número um? Arranjar estante para os livros, claro. De qualquer maneira, alguns vão sobrar. Isso é que seria a prioridade zero.

Óleo Primor frigindo na frigideira. Ligar exaustor. O vento levantando a cortina de plástico na pequena área de serviço. Três ovos para fazer ovos mexidos. Não deixar jamais a massa grudar no fundo. Sempre raspar o fundo. Comi pão, mortadela e mate quente. Depois, iogurte. De morango.

Toda a roupa suja nos baldes com Bio Presto? Está. A cama defronte ao ar-condicionado. The Roman Empire. Ficar esticado na cama lendo *Decline and Fall of the Roman Empire*, do Gibbon. Os nomes são curiosos: Odoacer, Malchus, Gelasius, Pachomius, Ulphilas, Radbod, por exemplo. Magníficos nomes para personagens, todavia.

Preciso descobrir um nome para o sétimo livro. E fazer cronograma para o livro. Será livro difícil. O próximo livro sempre é difícil. Mas será escrito.

Cheguei ao terreiro galopando. Faísca (número 2) recoberta de suor. Todos os meus cavalos estão sempre recobertos por suor. As perneiras de lona encharcadas. Uma sela mexicana, cabresto enrolado no cabeçote. Faísca tinha quatro anos e só eu a montava. A raspadeira desfiando os pelos sujos de pasto, bem compactados pelo suor espesso.

Pelo menos o chuveiro é violento. Jatos frios e quentes alternados. Desodorante Avanço nas axilas. Um *short*. As sandálias. Contemplando os quadros junto às paredes. Um apoiado no outro. Pendurar os quadros: prioridade trinta e dois.

No topo da colina. À minha frente, descida forte. Talvez não seja aba de colina, mas encosta de montanha. O vento batendo em minhas costas: a camisa se juntando à pele molhada produz sensação de frio. No entanto faz sol. É mesmo um dia esplendoroso.

Pouca vegetação. Algumas árvores raquíticas. O resto são gramíneas. Outros topos mais abaixo. Num deles passa a estrada, agora sem movimento. Rochas graníticas se decompondo. Muito lentamente. Em solo. Zilhões de séculos. Zilhões de séculos.

A posição desta secretária não me agrada. Realmente não me agrada. Junto à parede. Obrigado a ver a parede. Escrever sobre ar livre encarando a parede. Mas há coisas piores. Morrer – como seu João – como se fosse encanamento podre de casa decadente. A junta que se troca faz outro cano arrebentar. Ao final, ficam as paredes de pé.

Outro problema: a luz. Aqui, onde escrevo, a luz tem de ficar sempre acesa. A saleta é mais iluminada. Se a secretária ficar na saleta, são dois problemas resolvidos: a luz e o lugar para comer. O que gera um terceiro: onde colocar o aparelho de ar-condicionado? Se escrevo na sala, o aparelho deve ficar na sala. Óbvio. E como dormirei? Suando neste calor senegalês?

Coloquei a lasca do molar no molde feito de gesso. Aspergi plástico no molde. Por cima de um livro chamado *Vagamundo*, do Eduardo Galeano, que ainda não li. A capa em listras brancas e pretas. O título e o nome do autor em dourado.

Um garoto, na secretária do meio, escrevendo um conto sobre um garoto. O garoto do conto está deixando de ser garoto e o garoto que está escrevendo está deixando de ser garoto. Embora nenhum dos dois tenha consciência disso.

O garoto retirando as mãos da máquina e se espreguiçando. Daqui a pouco irá se levantar e se encaminhar até a estante de canela, amarelada e digna, para abrir o *Pequeno dicionário da língua portuguesa*. Argollo falará assim: "É difícil bater a máquina essas tabelas numéricas." O garoto responderá assim: "Hum-hum."

Será que o Heli Celano já fez a base para a minha cabeça de gesso esculpida pela Maura Scebescen?

Três dedicatórias para Sérgio Rosa:

1 – *para Sérgio, que é uma Rosa;*
2 – *outra vez: para Sérgio, que é uma Rosa;*
3 – *pela terceira vez: para Sérgio, que é uma Rosa.*

O que significa: três livros editados. Falta a dedicatória da segunda edição de meu romance, que será assim:

pela quarta vez: *para Sérgio, que é uma Rosa.*

Espero fazer outras, assim:

pela quinta vez: para Sérgio, que é uma Rosa.
pela sexta vez: para Sérgio, que é uma Rosa.

Desejo atingir a décima dedicatória.

Agora, vou descer a aba da colina. A galope. Assim: calcanhares contra o ventre da Faísca, choque brusco, folgo as rédeas mas não muito, e jogo o tronco para trás a fim de equilibrá-la. Entrar no terreiro galopando, cartar amarra para os empregados. Vamos!

O pai, à porta do escritório, cumprimentando o vizinho, o doutor Cesário: "Boa noite, doutor Salgado." O doutor Cesário é pai do dentista, Ney Salgado de Almeida. Salgado é o nome de família da mãe do Ney. Ergo: o doutor Salgado não existe, embora franza a testa ao escutar: "Boa noite, doutor Salgado."

Chovendo incessantemente. Todo dia. O velho cardigã da Argentina. Cor de caramelo. A luz do teto acesa. A luz do abajur acesa. Moscas. Por que moscas? Colocar Vapona pendurado no teto. As moscas são transmissoras de doenças. E daí?

Aquela mangueira no meio da invernada, abrigo para a soalheira cansativa e monótona. Uma vaca sempre movendo a vassoura para espantar as moscas, e procurando sempre o círculo da sombra movente, vagarosa vaca vasqueira vagamente adia vagando...

gavarosa
gavamente
gavando

O mal da manqueira ou peste da manqueira ou carbúnculo sintomático ou manqueira mesmo ou mal de ano ou peste de ano ou quarto inchado manifesta-se de forma inconfundível, segundo os ensinamentos de Jair, o retireiro do curral à direita do portão de entrada:

dá uma tristeza danada no bezerro, assim num repente. Um dos quartos incha, às vezes o pescoço incha. Essa inchação é tumor. Se a gente apertar o tumor, faz um barulho gozado. E o bezerro começa a mancar, e ter febre, e tremer todo, e não comer, seu!

Está certo. Acabou o maço de Minister. Tenho de sair e comprar outro. Andar na chuva até a rua Senador Vergueiro. Os bares já estão fechados. Juntar as guimbas? Fumar as guimbas? Vamos ler *Being Geniuses Togelher*, de Robert McAlmon e Kay Boile.

Atenção: professores de literatura, críticos, revisores e demais pessoas cujas atividades girem em torno de um tipo chamado escritor e de outro chamado editor. Vocês sabem! McAlmon foi o fulano que editou – nos 20s – Hemingway, Joyce, Gertrude Stein e tal...

O livro de McAlmon fala dessa gente toda, pois é autobiográfico. Agora, reparem bem, retendo este arroubo mental que já se pronuncia entre suas preclaras meninges:

McAlmon conta como ele próprio datilografou as últimas cinquenta páginas de *Ulysses*, do nosso amigo Joyce: aquele célebre monólogo introspectivo de D. Molly. Joyce deu para ele alguns cadernos com inserções especificadas: "Olhe, isto entra na página tal, à linha tal..." etc. etc. Muito que bem. McAlmon – desenvoltamente – começou a enfiar as inserções onde lhe dava na telha, não respeitando as indicações de Joyce.

Isso merece um ha-ha-ha! É como um editor, ex-amigo meu, me ensinando a escrever: "Você tem de tomar cuidado com a UNIDADE."

Unidade é equivalente?
Unidade é tripotente?

Mas aí, então, estopei Faísca no terreiro, Faísca tão cansada, esfomeada, sedenta, e compus a pose de cavaleiro andante, ou príncipe Valente, e fiquei socando o freio na boca da bichinha.

Evidentemente, tinha um balaústre onde se amarrava o cabresto – igualzinho àqueles defronte aos *saloons* nos filmes de bangue-bangue – junto ao meio-fio da calçada à volta da casa.

Evidentemente, tinha um ferrão desses de cutucar boi – quando o boi puxa o carro de boi – apoiado ao balaústre.

Evidentemente, tinha, no beiral do telhado que se projetava por sobre a calçada, belíssimo ninho de vespas, túrgido e cor de caramelo (estou mesmo impressionado com cor de caramelo).

Evidentemente, eu furei a vespeira com o ferrão de cutucar boi, antes de desmontar. As pernas esticadas nos estribos me facilitando o manejo do ferrão.

Evidentemente, as vespas saíram da vespeira. Mas não me picaram não. Picaram Faísca.

Resigno-me! Fumarei estas guimbas malcheirosas. Não tenho coragem para sair nesta chuva. Não é o ferrão, nem as vespas e nem mesmo Faísca que me preocupam nesta história.

Após a Terceira Grande Mudança, fiquei mais introspectivo. Desconfio seja a limitação física imposta por este pequeno apartamento: quarto, sala, cozinha, banheiro, mais a diminuta área de serviço.

Hoje faz calor exasperante. Liguei ao máximo o aparelho de ar-condicionado. Mas ainda sinto calor. Frases curtas, hein? Entrecortadas. O *short* molhado, o suor na corrente de ouro no pescoço e no Seiko no pulso esquerdo. É dia bom para não se fazer nada e ficar pensando no bigode ou corte de cabelo.

gavarosa
gavamente
gavando

Creio ter posto uma égua Faísca num romance. Mas aquela era ficção. Esta é a própria Faísca (número dois). A Faísca número um era do tio Jayme. Aos sábados, à noite, tio Jayme montava na Faísca e partia para São Tomé do Turvo. Dançar. Chegava no domingo, justamente quando eu me dirigia para o curral. Cansado. Eu não. Tio Jayme.

"Bom, meu filho, se você passar sem fazer exames orais." Certo, pai. Vou passar sem fazer exames orais. E por isso me deu Faísca. Chovia tanto quanto hoje. Puxei Faísca pelo cabresto até o velho paiol de madeira.

Gostaria de ter chamado este livro A guerra do tempo. Infelizmente, é título já empregado por Alejo Carpentier.

O sol na base de meu crânio, o mundo estático. Estou vendo os pés. Uns calçados, outros não. Uns brancos, outros não: pretos, marrons, cinzentos. Todavia, todos os pés: calçados ou não, brancos ou não: estão recobertos pelo barro que se esfarela.

Vagas vozes. O sol de repente apagou. Alguém me levanta do chão. O cheiro de terra molhada. A palma de alguém em seu queixo, a palma de alguém segurando seu queixo. O seu pescoço molhado por líquido quente. Algo empapando sua orelha direita. Podia se lembrar de tudo para trás e de tudo para a frente. "Jayme, vai chamar um médico no Turvo." Eu diria: a voz de vovó. Os pés recobertos por barro. Calçados ou não.

Sinto que me foge a vida,
Num delírio sensual,
Deixa-me partir, querida...

O pai cantando no banheiro. Depois fará a barba, vestirá o uniforme. E partirá. Mas agora está cantando no banheiro. Argollo na máquina de escrever: "No meu tempo se escrevia symptomas."

A tosse. Minister dá tosse? Ou apenasmente câncer? O prezado Kurt Vonnegut Jr. garante: "Os americanos fumamos para nos suicidar." Vamos dançarmos? Quando você fizer estas brincadeiras com concordância, trate de mostrar que é proposital mesmo. Se não, seu livro não será adotado em colégios. Ei! Vamos dançarmos é brincadeira!

Será que sai mesmo neste ano o livro de Luís Fernando Verissimo? Meio-dia e quinze minutos. Já estamos na parte da tarde. Já posso beber Chiva's com gelo. Ou tomar banho. Faz tanto frio que liguei o ar-condicionado. Nuvenzinha penetrando no quarto. *Editor* é uma coisa, *publisher* é outra.

O meu crânio deformado: Faísca me escoiceou a cabeça, após me jogar ao chão. Um mês deitado na cama, no escuro. As cintilações vermelhas, azuis, ocasionalmente verdes. Matérias da revista *Carioca*: quantos ternos um londrino tem; Mickey Rooney rachando lenha nas Montanhas Rochosas antes de seu casamento; quantos sapatos o Tyrone Power tem; a lepra tem cura. E eu?

Só queria avisar: a vaca debaixo da mangueira está com manqueira. Rima toante, mas quem sofria era a vaca. O tumor crepitante sob meus dedos. Na dianteira esquerda. O sol latejava no pasto, ressecando as placas de bosta. A vaca tremente e febril. Agora, Faísca, nós vamos galopar até a sede e falar com o pessoal. Esta vaca não pode ficar no pasto.

gavarosa
gavamente
gavando

Há micróbios chamados *Clostridium*. Proliferam no solo e nos intestinos dos animais. Alguns não são patogênicos, mas os que o são produzem intoxicações ou envenenamentos através das toxinas que elaboram. Causam: a gangrena gasosa, o tétano, o famoso botulismo. O *Clostridium chauvoei* faz a peste da manqueira.

Lendo Classificados, do *Jornal do Brasil*. Quero vender o meu Fuscão amarelo e comprar um Brasília também amarelo. O problema é que não põem as ofertas de compra ou venda. Esse mercado está muito especulativo.
    Zé Capeto vende cavalos. Mas são caros. Vamos à Barra do Piraí. Também são caros. Vamos a Valença. Também são caros. Esse mercado está muito especulativo. E na Remonta do Exército? Um oitavão? Eis a sua égua. Vou chamá-la de Faísca. Chovia tanto quanto hoje. Puxei Faísca pelo cabresto até o velho paiol de madeira.
    Faz calor insuportável. Tenho de desligar o aparelho de ar-refrigerado e beber Coca-Cola quente. E vestir meu cardigã surrado. Cor de caramelo. E recompor aquela estante de canela, amarelada e digna, recolocá-la naquele velho escritório com três secretárias e tornar a ouvir Argollo martelar a máquina de escrever e – quem sabe? Quem sabe? Quem Sabe? Quem sabe, porra! – escutar o pai: "Boa noite, doutor Salgado."
    Naquele primeiro dia em que pudeste andar, colocaste as perneiras de lona e ajeitaste as esporas nos borzeguins pretos e, embora te sentisses estranhamente tonto, marchaste espantado para a cocheira e selaste Faísca e montaste Faísca e foste até o pasto da invernada resseca e apontaste Faísca para a sede da fazenda – verdadeiramente cancha reta – e fincaste as esporas nos flancos de Faísca e puxaste os freios e puxaste os freios e fincaste as esporas nos flancos de Faísca e desceste a encosta e fincaste as esporas nos flancos de Faísca e afrouxaste as rédeas e fincaste as esporas nos flancos de Faísca e sentiste o sol na cabeça enfaixada e viste a casa ir crescendo à tua frente e fincaste as esporas nos flancos de Faísca e viste a casa ir crescendo à tua frente e fincaste mais uma vez as esporas nos flancos de Faísca mas não pudeste – finalmente – ver outra vez a casa à tua frente pois desmaiaste no que teu corpo foi projetado para a frente por cima do pescoço de Faísca, estraçalhada pelo arame farpado.

MANGUEIRA

I

— Vou plantar a mangueira.
A mangueira tinha brotado de caroço bem seco pelo sol, apanhado no Jardim Botânico. Fora num domingo muito quente de verão, e tinham passeado pelas aleias recobertas por folhagem e descansado nos bancos de madeira sem pintura.
Nilvá apanhara vários frutos de amendoeira, depois os colocara na grande colher de madeira, russa, toda pintada, rebrilhosa, que ficava na base, em mármore, da coluna divisória da sala de estar, pequena, com a sala de jantar, menor ainda, com sua mesa redonda, mais as quatro cadeiras de palhinha.
– Acho que devemos plantá-la mais tarde – ela comentou, seus cabelos muito lisos e claros ao longo do rosto, os olhos verdes e grandes bem abertos. No saliente pômulo de eslava, ao lado esquerdo da face, tinha pequena marca, saltada, de espinha malcuidada.
Ele passou a mão pelos cabelos dela, a mancha da fronte esquerda apareceu nítida, pois ela ainda não tinha se pintado, quando então a maquilagem disfarçava a cor marrom da marca de nascença.
É diferente de Helna, que parece tão jovem – pensou –, com este *jeans* e o lenço de seda tombando do pescoço fino, branco, já com rugas, apoiado no corpo magro, venoso, reto, o porte elegante. Mas é vistosa, pensou, e sorriu para Nilvá,

que descobriu os dentes, talvez um pouco grandes para seu rosto delicado, de pele seca, luminosa.

– Estamos na lua crescente – ele disse. – É bom momento para plantar.

Ele se sentia vagamente enfraquecido, pois tivera gripe durante quinze dias, fora trabalhar e caíra de cama outra vez. Mas se esforçava para não demonstrar essa fraqueza. Nilvá reclamara muito de sua moleza durante a gripe, típica de mudança de temperatura no Rio.

Mesmo conversar de algum modo o cansava. Ao mesmo tempo, problemas financeiros o acossavam. Fase meio ruim de vida, ainda que seu sentimento por Helna o mantivesse esperto, fazendo projetos, arquitetando silenciosamente o futuro.

Ao mesmo tempo, Nilvá também se sentia vagamente estressada, pois tivera bastante trabalho no Sul, com a ex--sogra, que sofrera remoção de carcinoma, e era já senhora, mesmo conservando porte elegante e rosto sem rugas, apesar da idade.

As duas eram muito amigas, e Nilvá sofrera com a operação da sogra, bem-sucedida, aparentemente. Chegara ao Rio meio nervosa, as narinas finas contraindo-se, novas rugas entremostrando-se na testa alta. Todavia, parecia menos magra, mais madura, anos acrescendo-se sem maiores complicações, a menopausa adiando-se.

Tinham ficado separados por uns quarenta dias, enquanto Nilvá permanecia no Sul, a longa espera aliviando os nervos de Guerra, já que não sabia viver sem a presença de Helna, e a mágica dos arranjos caseiros que Nilvá conseguia realizar, a maneira calada ao fazer amor, as longas coxas movendo-se de um lado para outro, de pé, enquanto se atritavam, o entediasse.

Talvez ele não gostasse do cheiro dela, das emanações habituais de seu corpo ocupando todo o quarto, no que ele despertava e saía silenciosamente para não a acordar, pois ela gostava de dormir pela manhã, caladinha, de barriga para baixo, abraçando o travesseiro, o corpo envolto por cobertores.

Gringa friorenta, Guerra pensava, mas ela não era propriamente gringa, não descendia apenas de italianos – ditos gringos no Sul –, mas também de alemães, russos, húngaros, franceses. Também não chegava a ser modelo cultural, embora lesse bastante, especialmente livros das décadas de 60, 70, quando fora casada com economista ativo, inteligente e que morrera muito cedo, depois de se separarem. Nilvá era viúva, juridicamente falando.

Guerra tinha se divorciado por causa dela. Apaixonaram-se imediatamente, no que ele fora à própria casa dela, nos Moinhos de Vento, comprar quadros, aproveitando passagem pelo Sul. Nilvá se dizia *marchand*.

Anos após, Guerra compreendeu que a atividade dela como *marchand* era muito limitada, dispersa, sem possibilidade de maior desenvolvimento. Na prática, Nilvá vivia de aluguéis, mais o dinheiro cedido pela mãe e pela ex-sogra. Tal limitação financeira a tornava amarga, sempre mencionando preços, conversa habitual na casa dela.

Todavia, tal conjunto, o núcleo da vida de Nilvá: filhos, mãe e sogra: não era desagradável, embora o filho mais velho fosse vivo demais e os outros dois apáticos e grudados às saias das três mulheres, enquanto a mãe, Teresa, face de vovó bondosa, tivesse de mentir a fim de proteger as pequenas enredações familiares.

Lá, no Sul, Guerra ficava imerso naquele ambiente familiar agitado, em que as pessoas entravam e saíam a todo momento, não havendo possibilidade de se concentrar. A mãe de Nilvá tinha apartamento no mesmo andar, o primeiro, e as portas dos dois apartamentos ficavam sempre abertas, pessoas entrando e saindo, Nilvá entrando e saindo.

Além do emprego, suave, que lhe proporcionava o suficiente para viver com modéstia, Guerra escrevia. Tinha alguns livros publicados, e os direitos autorais não tinham maior significação para suas despesas. Porém escrever era atividade séria, fundamental para Guerra.

Quando Nilvá voltou do Sul, Guerra terminava livro de contos, *Doce Elisete*, e bastariam mais dois para concluí-lo. Depois, escreveria um romance em que toda a ação se passaria durante o Natal. O romance, pensava, serviria de explicação íntima para certos acontecimentos em que várias pessoas estiveram envolvidas, inclusive ele próprio. Por isso, preferia ficar no Rio, onde podia viver sem agitação.

Doce Elisete já tinha redação definitiva, batido a máquina por Sofia, em Brasília. Isto é, os contos escritos tinham redação revista. Ao mesmo tempo, Guerra tinha coluna certa, no *Jornal de Domingo*, de Belo Horizonte. Podia produzir o que desejasse, conto, reportagem, crônica, uma vez por semana. Tal coluna também era importante para Guerra.

Assim, ao mesmo tempo em que se sentia cansado, Guerra tentava compreender Nilvá, melhorar suas finanças, escrever sua coluna, começar um romance e arrumar seu apartamento, pequeno, porém muito bem localizado, no começo de Ipanema, do qual Helna tanto gostava.

Porém Nilvá também se entediav a. De temperamento irrequieto, não suportava passar os dias em casa, acompanhando toda a prostração de Guerra. Começou a sair diariamente, a fim de "ver o mercado", como dizia, percorrendo lojas de antiguidade, galerias de arte, marcenarias na rua dos Inválidos, indo para a casa do tio, onde a mãe se hospedara ao vir do Sul.

À noite, ficavam vendo televisão. Nilvá tricotando, os pequenos comentários casualmente atirados, até o sono chegar. Aos fins de semana, Cruz, amigo de Brasília, vinha ao Rio. Funcionário público competente, de alto nível, chamado por Guerra de "meu irmãozinho". Então, jantavam nos restaurantes da moda, Guerra abusando dos cartões de crédito, muito cansado, Nilvá sempre elegante, e voltavam tarde para casa.

Cruz, rico, discutia assuntos econômicos, os projetos governamentais envolvendo mudanças importantes e sua aplicação aos fatos cotidianos. Falava também de seus próprios projetos, da decoração de seu apartamento – o que fascinava Nilvá –, dos estudos de seus filhos.

Guerra sentia-se meio constrangido, num beco sem saída financeira, a literatura apenas um sonho pessoal, sem nenhuma importância, e compreendia que nem mesmo Nilvá se interessava por seu novo livro, nem por sua coluna semanal e, possivelmente, nem mesmo por ele próprio.

Guerra assustava-se. Gostaria de discutir o novo romance com alguém, mas não sabia com quem, e percebia que também não o poderia fazer com Nilvá, que julgava ser fácil ou tranquilo o ato de escrever, dizendo distraidamente: "Tu és escritor e tens de escrever." E Helna se recusava a atender até seus telefonemas.

Às vezes, no emprego ou sozinho em casa, Guerra soluçava, a vida se tornando indecifrável, desconfiando de sua inteligência e de seu talento, mencionados por tantos críticos e professores de literatura, pois não tinha quase leitores e não sabia ganhar dinheiro como Cruz, por exemplo, hábil, egocêntrico, calado.

Aos poucos, foi notando que não se falavam direito há tempos, ele e Nilvá. E se julgava inseguro, sem perspectiva, a dureza da derrocada de sua vida palpável, bem presente, definida, sem Helna, que estava fora, viagem tão prolongada.

Tentou colocar seus sentimentos para Nilvá, mas era simplesmente impossível. O rosto de eslava se tornou gélido, o olhar dela atravessando-o como se ele não fosse matéria física. A dor o trespassou, bloco de gelo descendo por suas entranhas. Embora tentasse sorrir, ao se lembrar das mãos acariciadoras de Helna.

– Vamos? – ele perguntou.

— Fico vendo daqui — ela tricotava distraída, na varandinha que avançava pelo pátio interno do prédio, os ramos das amendoeiras alcançando os vidros.

Ele foi até o pátio, conduzindo cuidadosamente a árvore minúscula. Fez cova na terra, cortou o invólucro de plástico onde estava a árvore e a plantou. Depois, regou em volta da árvore, voltou-se esperançoso para a varandinha, mas Nilvá tricotava, a cabeça abaixada, as costas apoiadas ao banco de madeira branca.

II

Domingo, Guerra deu cinco tapas no rosto de Nilvá. Foi assim:

dormia, no que ela chegou em casa às dez para as quatro da madrugada. Tinham estado, juntamente com Cruz e Lara — prima de Nilvá —, no Pizza Palace jantando *pizza*. Guerra bebeu dois chopes e dois Steinhäger com gelo. Todavia, Nilvá, posteriormente, disse que ele ficara bêbado.

Depois de comerem a *pizza*, Nilvá e Cruz resolveram continuar a noite. Guerra disse estar cansado, o Brasil tinha perdido para a França, precisava dormir de tanta tensão nervosa. Porém, insistiram demais, Guerra teve de se conformar. Foram para o Chico's Bar, no carro de Guerra, que não gostava do lugar, escuro, barulhento, muito cheio de gente. Mas estava em minoria, ainda que Lara nem abrisse a boca.

Não havia mesas ao entrarem, Guerra foi até o balcão do bar falar com o *barman*, velho conhecido, que lhe deu — presente — um copo de vodca. Então, vagou mesa, lá no fundo, perto da parede de vidro. Nilvá e Guerra sentaram-se juntos, no sofá da parede. Lara e Cruz, nas cadeiras, defronte. Guerra encostou-se à parede e fechou os olhos. A cabeça latejava.

A mangueira, tão pequena, iria vingar? Como o Brasil deu aqueles vexames nas cobranças da penalidade máxima?

Lara e Nilvá sentadas no sofá, na sala de televisão, murmurando enquanto tentava se concentrar no jogo. O comentário grosseiro de Nilvá a respeito da troca de telefones, feita naquela manhã de sábado, o irritara bastante. Ela parecia apenas espectadora, não atriz, naquela casa.

– Vamos embora, Nilvá – ele disse baixinho, colando a boca ao seu ouvido, mas ela não respondeu, continuou conversando com Cruz, sentado à sua frente.

Guerra viu as horas: quinze minutos. Espreguiçou-se, tentou participar da conversa, não conseguiu. Sentia sono, muito sono. Passou a mão direita pelo ombro de Nilvá. Perguntou:

– Vamos embora? Não aguento mais.

– Eu vou ficar – ela respondeu bem alto, o tom acima do conjunto que tocava, sacudindo os ombros, para que a mão dele tombasse.

– Vou-me embora – Guerra declarou – me dá a chave de casa.

Tirou a chave de dentro de sua carteira, colocada na bolsa de Nilvá:

– Fique com o carro – disse, empurrando sua bolsa na direção dela, por cima da mesa.

Levantou-se vagarosamente, lá fora estava frio. Foi pela Joana Angélica até a Visconde de Pirajá. Pôs a mão no bolso. A carteira ficara por lá, no Chico's. Seguiu a Visconde de Pirajá até em casa. Dormiu imediatamente.

A luz foi acesa, Guerra despertou. O vulto de Nilvá à porta do quarto. Olhou para o relógio de cabeceira: dez para as quatro. Nilvá afastou-se da porta, Guerra passou a mão pelos cabelos. Os fortes barulhos no banheiro. Tateou a mão direita pela cama, procurando o corpo de Nilvá, não o encontrou, logo não estava sonhando, e despertou de vez.

– Puxa, Nilvá, sabe que horas são?

Apenas o ruído de coisas no banheiro. Coisas arrastadas e jogadas. Guerra se levantou da cama, sentiu frio, pois sempre dormia nu, procurou pelo roupão, não o encontrou.

— Qualé, Nilvá? — sua voz era calma e tranquila.
Nilvá não respondeu. Guerra começou a ficar nervoso:
— Pô, Nilvá.
Silêncio. Então, Guerra quis ofendê-la, chamá-la de vagabunda, mas ainda não tinha coragem. Empregou a grosseria que sua mente — entorpecida pelo sono — conseguiu elaborar:
— Será que pelo menos deu pro Cruz? — Guerra sabia perfeitamente bem que Nilvá deveria ter levado primeiro o Cruz à casa dele, para depois deixar Lara em casa dela, no Jardim Botânico. Mas precisava ofendê-la.
Silêncio total. Guerra foi até o banheiro, chocou-se contra Nilvá no pequeno corredor, ela encostou-se à parede, olhou-o como se fosse cachorro sarnento. Todavia, aquela pessoa não era Nilvá, não podia ser a Nilvá que certa vez lhe dissera, ao tomarem chope na Americana: "Nunca vi ninguém conversar como tu. Ninguém, jamais, me contou as coisas que tu me contas."
Outra pessoa. Guerra sentiu-se transparente, ela atravessava seu corpo com aqueles inacreditáveis olhos verdes rebrilhantes. Ele puxou a mão dela, a colocou sobre seu coração:
— Veja só como estou — seu coração batia aceleradamente e seu rosto pegava fogo.
Os dois em pé, estáticos, naquele minúsculo corredor.
— Trouxeste o carro?
Ela bateu que sim com a cabeça. Guerra a segurou pelas lapelas da blusa branca de seda — a mesma que comprara às vésperas do Natal —, a arrastou até o quarto, jogou-a na cama. As pernas dela ficaram apoiadas no soalho, o tronco na cama, seus olhos verdes o miravam expectantes. Por um segundo, Guerra imaginou deixá-la na cama, sair para beber até ficar exausto, mas aquele silêncio atormentador o fez inseguro.
De pé, nu, Guerra aproximou-se mais da beira da cama, curvou-se sobre ela, ainda notou as mãos dela sobre

a cama, as palmas voltadas para cima, as casas desabotoadas da blusa, e sua mão direita ergueu-se, como se fosse de outra pessoa, a mão direita se chocou contra a face dela, a mão direita espalmada, à altura do queixo, duas, três, quatro, cinco vezes, de um lado e doutro da face dela, enquanto berrava todos os palavrões de que podia se lembrar.

Ergueu o corpo. Nilvá não abrira a boca, não levantara as mãos, não falara, não chorara, não fizera absolutamente coisa alguma. Aterrador! Guerra afastou-se da beira da cama, Nilvá se levantou, saiu do quarto, logo o barulho da porta da frente reboou pelo apartamento. Nunca mais a viu. Agora, podia dedicar a vida a Helna, sua paixão.

Nos dias subsequentes, soube que Nilvá fora, àquela madrugada, para a casa de Lara, depois para a casa do Cruz, quando contara à mãe dele e ao próprio que Guerra a "tinha quebrado toda, bêbado, dizendo que ela era amante do Cruz". Versão repetida a todos os amigos comuns, no Rio e no Sul, com variantes espantosas.

O chefe de Guerra chamou-o, no emprego:

– Nilvá me telefonou, me dizendo que tu a tinhas quebrado toda. Agora, tens de levantar a cabeça e ir em frente.

– Mas por que ela teria contado isso para ti?

– Foi para te desmoralizar perante teus amigos, mas quem for teu amigo continuará a falar contigo, como estou fazendo. Eu te respeito e nem quero saber as razões que te motivaram a fazer isso. Sei que alguma coisa aconteceu e sei que esta vingança dela está sendo muito difícil para ti. Mas vamos em frente.

Guerra ficou se perguntando dias a fio: "Por quê?" Soube também que a família de Nilvá desejou que ela fosse à polícia denunciá-lo como agressor. Virei desses tipos que agridem mulher e que provocaram toda essa campanha para terminar com a violência contra as mulheres. Inconcebível!, pensou.

Talvez estivesse louco. Paranoico, sei lá. Esquizofrênico, sei lá. Psicótico, sei lá. Mas essas ideias foram tiradas de sua cabeça por três psicanalistas. Um deles o aliviou bastante ao lhe dizer que tivera o que se chama comumente de raiva, motivada pela rejeição de Nilvá, a qual ele pressentira, e tanto que havia sugerido que ela voltasse para o Sul. Sugestão repetida por mais duas vezes, às quais ela respondera simplesmente "Só volto quando quiser", ou então, "Ficaremos juntos para sempre."

Nada disso, porém, importa, pensou Guerra. Se não tivesse acontecido nada, a falta de respeito continuaria indefinidamente, me diminuindo, me corroendo, me desmoralizando por dentro. Como dissera, meses antes, Izabel: "Esta mulher está te acuando, ocupando todo teu espaço. Mesmo porque existe Helna, meiga, doce, e que te ama tanto e tanto te respeita. "

Porque também Nilvá sabia de Helna, conforme Dinda, tia de Nilvá, dissera para ele depois. Aquela mulher de cara achatada, lá do Sul, contou para Nilvá toda a história do amor de Guerra por Helna, que não mais o queria, fazendo o jogo determinado por Nilvá.

Agora, Guerra não podia compreender por que não ficara sempre atrás de Helna, mesmo com Nilvá praticando sua vingança, coisa tão palpável e que ele, talvez apenas pelo cansaço da gripe demorada, não percebera. Mas Helna, tão pura, tão decente, tão querida, não tinha coisa alguma a ver com toda aquela sordidez.

Assim como todas aquelas histórias envolvendo – pelo menos – três psicanalistas, mais um quarto, seu antigo amigo, que perdera com a vingança de Nilvá, ao contar e recontar e tricotar para todos, a história da "pavorosa surra que levara". Mas todos esses detalhes, toda a fofocaria, toda a situação de abandono e rejeição que atravessara, inclusive por parte de Helna, seriam matéria de romance longo, mesmo porque o romance trataria da própria base de sua vida presente e futura, seu amor por Helna, que sempre existiu, em todos os seus sonhos, esperanças e desejos. Apenas errara ao permitir que Nilvá ocupasse seu espaço, insidiosamente.

Guerra, escrevendo na pequena varanda, mirou a mangueira. Dizem que as plantas sentem quando seu amo e senhor não está bem. Mas a mangueira crescia, lentamente, suas folhas estavam verdes, seu aspecto, saudável e sedutor, como o de Helna, a amada – realmente – de Guerra, que a perdeu. Para sempre? E as folhas das amendoeiras do pátio interno do edifício farfalham. São tão queridas! E Guerra acreditou que tivesse terminado o conto. Porém nada termina, segundo Helna: até a morte não significa término, apenas passagem para o plano espiritual.

As minúsculas folhas da mangueira estão recobertas pela água da chuva. A mangueira crescerá, tal seu amor por Helna, que mereceu este poema:

MARCA

Antes de lombo duro,
Tal matungo tafoneiro,
Pois tu me negas estribo

Não me tiras na garupa,
Arrepiaste carreira,
Já que me negas estribo.

Ficas de marca quente,
E boleias na coxilha,
Pois tu me negas estribo

Tu coiceaste na marca,
Com couro atado na cola,
Já que me negas estribo.

Tiro o cavalo da chuva,
Porque não sou retalhado,
Pois tu me negas estribo.

Vou pôr o pingo na sombra,
Guapa,
Já que me negas estribo.

III

Helna regressara ao Rio muito nervosa, atarantada por muitos problemas, cheia de dúvidas em relação a Guerra, com receio de que Nilvá tornasse a procurá-lo e, também, com receio de que ele se mostrasse violento em relação a ela própria.

A profunda depressão de Guerra, motivada por Helna, fazia com que se sentisse rejeitado, cheio de temor, infeliz, tateando nas conversas com os amigos, e, de certa maneira, ainda alimentando o que Lúcia designava por "maldição da esperança".

Todavia, as informações dadas a Helna a respeito de Guerra, transmitidas por pessoas de sua própria família, afastaram-na dele. Embora atendesse ao telefone, jamais tornara a procurá-lo, aceitando distraidamente o que ele dizia, muito constrangido.

Ele percebia a agressão dela, mas, impelido por seu amor – intenso –, continuava a procurá-la, apaixonado, descobrindo novas facetas de seu sentimento por Helna, sonhando com a extraordinária beleza de sua face e de suas palavras meigas, antigas, que ela já lhe dissera, compondo o quadro da "maldição da esperança".

Encolhido no apartamento, lutando contra a melancolia, aceitando críticas pesadas, seu próprio corpo se contorcendo, Guerra juntou forças para tornar a escrever, discutindo com André Carvalho sua coluna semanal e com Alfredo Machado, da Record, nova edição de livro de contos e, por fim, lendo jornais, outra vez.

Embora permanecesse atento ao telefone, sempre esperançoso de que – um dia – Helna lhe telefonasse e ele ouvisse, mais uma vez, a voz que tanto amava, e o acarinhava, percorrendo todas as fibras de seu ser. A maldição da esperança. Ainda que pensasse: tudo por que passava não acontecia habitualmente com todas as pessoas, somente com as sensíveis e que tinham coragem de amar e errar.

Até que, por fim, conseguiu telefonar para Helna, e falaram, tentando palavras, timidamente, e combinaram ir à casa de Diva, pintora, mística, leitora de tarô, quiromante, especialista em borra de café e amiga dos dois.

Guerra apanhou Helna à porta do Garota do Leblon e seu coração disparava no peito. Helna chegou na hora, sempre pontual, vestida com calça e suéter azul e rosa, de lã, os pés em mocassins de couro cru, tão bela que chegava a doer. Guerra partiu para a casa de Diva, na Barra da Tijuca, bem devagar, às quatorze e trinta de glorioso domingo.

Diva aguardava-os em seu pequeno apartamento, o bule de café em cima da mesa. Abraçaram-se, proferiram as palavras usuais e Diva notou: Guerra emagrecera.

Guerra, esperançoso, pediu que Diva visse para ele borra de café e tarô, mais a palma de sua mão, pois queria saber o que seria de seu amor por Helna. Diva concordou, virou a xícara de café de Guerra, a borra arrastou-se pela superfície lisa, de porcelana, segurou-a delicadamente entre os dedos finos e claros. E diz:

– Você teve grande prejuízo de dinheiro. Você é de muita boa fé, não é?
– Demais.
– Foi isso que prejudicou você.
– Mas vou ter ainda dinheiro?

– Por enquanto estou por este lado aqui. Depois, vou para o outro. Você está sofrendo muito. Tem uma mulher de Câncer, ela está fazendo você sofrer demais.
– Não conheço ninguém de Câncer.

/Helna ri/

– Helna é de Câncer. Ela também está sofrendo muito.

/Helna diz que está muito bem/

– Você conhece alguém de Sagitário?

/Helna diz: Ele não conhece os signos/

– Duas pessoas, de Sagitário e Capricórnio, darão boa notícia para você. Elas não são do Rio não. Você passou por problemas muito sérios, viu? Que deixaram você traumatizado. Você sofreu muito. Estou vendo muito sofrimento aqui e você ainda não está bem não. Está bastante aborrecido. Agora...
– Em que área?
– Na área do amor. Vejo também as garras de uma bruxa agarrando você. Garras, assim. Isso significa exploração. E também que você teve grande decepção no amor, de fidelidade, coisas assim.
– Não tive não. Reinterpreta isso, por favor.
– Hum. Tem uma pessoa que trabalhou, fez um trabalho contra você, sabe? Fez macumba.

/Helna: Nossa!/

– Entendeu? Essa macumba trouxe muito sofrimento para você. O pior é que é quimbanda. Baixo espiritismo. Mas tenha fé em Deus. Se você acreditar que Deus é mais forte, não dará chance ao diabo de prejudicar você. No mês de maio, você teve grande sofrimento, não foi? No mês de maio. Olha aqui, roubaram peças suas para fazerem o trabalho. Porque garras significam ladrão, também.

/Helna ri/

— Inclusive, está dando traição. Você também teve problema físico, nas pernas. Baixo espiritismo pega lá por baixo. Você bateu numa porta, não foi?
— Sim. Estou com problema na perna esquerda. Ferimento.
— Você se salvou por proteção de alguém. Um guia. O guia de Helna. Tudo passou para Helna, suas vibrações negativas, tudo. Por isso, ela está sofrendo. Estou vendo seu guia empurrando o demônio. Você se salvou de grande perigo. O trabalho foi feito para matar você.

/Helna geme/

— Estou vendo uma mulher alta, loura, magra, que prejudicou você. Essa mulher tem três filhos. Essa mulher tem problemas em casa.
/Helna diz: Ah!/

— Uma porção de mulheres, aqui, prejudicou você, mas você tem de tomar cuidado com uma que não é daqui do Rio, entendeu? Ela é muito sonsa, muito perigosa. Tem aqui uma briga... Ai! Briga feia! Estou vendo um touro preto, brabo. Touro brabo é briga. Coisa preta, entre você e outra pessoa. Mas já passou. Depois dessa briga, vem a bonança. Você está carregado. Roubaram uma peça de roupa sua para fazerem o trabalho. Em maio do ano que vem, essa dita cuja que fez mal a você vai querer voltar. Mas você não vai aceitar, já estará forte. Ela vai ter muitos problemas, vai tentar recorrer a você. No momento, seu coração está muito ferido, você está sofrendo de amor. Amor por Helna. Ela também está sofrendo muito. Ela gosta muito de você, mas está sofrendo de amor e de dignidade ferida. Você vai receber dinheiro, de fora do Rio, e terá uma notícia gloriosa. Você vai ter notícia de inimiga sua que prejudicou você, mas que vai pagar. Ela vai pagar. E Helna pegou toda a sua carga, de tanto pensar em você. Tudo o que podia fazer bem a você foi cortado. Mas saúde boa. E tome cuidado com as pessoas que cercam você. Voltaram para a cidade. Ele cabisbaixo, tentando mostrar a tranquilidade que não sentia, Helna comprimida contra a porta, a bolsa entre os dois bancos, rejeitando-o sem palavras. Ele queria chorar, mas seria pior ainda. Sua garganta parecia conter um bolo de ferro. Porém Guerra notou: Helna amadurecera.

Guerra sofria. Como disse Diva, tudo o que lhe podia fazer bem fora cortado. Lembrou-se do enterro do pai, há tantos anos, quando se deu conta de que estava sozinho no mundo, não tendo mais a segurança absoluta, a quase impunidade de que sempre dispusera. O amor de Helna tinha lhe dado certeza, força, poder interior.

Agora, estava novamente sozinho no mundo. Todas as esquinas escondendo pavores, sustos, apreensões. Não sabia, não podia conceber o que lhe aconteceria sem Helna, motivação de sua vida. E que todos, todos dissessem que era tolice seu amor por Helna – "Afinal, tem tanta mulher pelaí", falavam – porque, pela primeira vez na vida, sabia o que desejava. Apenas, e tão somente, Helna.

– Tchau – ela disse, descendo do carro.

Ele engrenou a primeira, passou para a segunda, fez a curva na praia, foi para Ipanema. As lágrimas escorriam por sua face. Era noite. Seu apartamento tresandava. Cheiro de cigarro, medo, sofrimento. Mas foi para a varandinha, abriu a máquina, começou a escrever. Não sabia as horas, mas pouco importava.

Enquanto escreve, Guerra vê a minúscula mangueira no pátio. Suas folhas estão verdes, percebe, apesar da escuridão. Guerra não sabe se a mangueira tem, ou terá, algum significado para a sua vida, mas a mangueira pegou. O que tem depois da esquina? Mais outra?

Rhôde-St. Genèse, Rio de Janeiro

UM CERTO SENHOR TRANQUILO

MAS ABANARAM A CABEÇA

O cadáver já fora lavado, mas os braços e as pernas ainda se flexionavam, e o maxilar inferior tombava sobre o peito – a dentadura rebrilhante – em surpresa atitude. Os raros cabelos brancos do tórax são da cor da pele, os derrames nos cotovelos e as marcas de agulha nas veias colorindo vagamente a carnadura marmórea.

Noto a barba sujando o rosto e peço à enfermeira para raspá-la. A enfermeira olhou-me apreensiva e insisti – quem lhe pode fazer a barba? Cadê o aparelho de barbear? Eu mesmo faço a barba nele. Coloco uma toalha sob o maxilar escancarado e a enfermeira ensaboou-o e fez-lhe a barba, afinal, cortando-lhe a comissura esquerda.

Pequena fresta condutora do sangue já escuro. Alisei-lhe os cabelos finos e grisalhos e pedi que a enfermeira lhe atasse o maxilar. Alguém disse que depois, com a rigidez cadavérica, o maxilar ficaria no lugar. Notei os pés abertos e tento uni-los, mas permaneciam tombando para fora, em ridículo vê. A enfermeira atou-os também.

Vestiram a farda no cadáver e me perguntaram onde ficaria o pequeno globo de ouro: esfera armilar, pensei: disse que na manga esquerda, no canhão. Me perguntaram o que era o canhão e quase grito, mas respondo educadamente, no que mostro a extremidade da farda.

Aí pergunto às pessoas: *ele disse alguma coisa?* Me olharam vagamente e alguém abana a cabeça, mas insisti: *ele mandou dizer alguma coisa?* Mas novamente abanaram a cabeça. Então me chamam para ir à Santa Casa da Misericórdia, tem-se de escolher o caixão e dizer qual é o cemitério, vamos.

Tentei dizer que desejava falar com ele, mas olho os rostos apiedados a minha volta. Fiquei ansioso para responsabilizar alguém, mas todos estavam compungidos e olhavam-me bobamente. Cheguei-me ao cadáver e alisei-lhe os cabelos finos e grisalhos. Perguntei a todos – assim, aereamente – se ele me dissera alguma coisa, mas abanaram a cabeça.

ÀS 23,45 NO 434

O trocador se ajeita na pequena cadeira transversal, berra para o motorista, e as portas se abrem: os passageiros do final da linha sobem no ônibus e se aglomeram na parte traseira:

o mulato escuta o rádio de pilha transmitir o Festival da Canção,
o estudante de óculos concentra-se nas próprias indagações,
o ligeiramente bêbado apoia-se na barra que protege o trocador,
o casal bem vestido que marcha unido para a velhice...

e todas as mãos direitas procuram dinheiro nos bolsos e todas as mãos esquerdas se contraem nos assentos dos bancos e procuram equilibrar os corpos.

O motorista solta lentamente a embreagem no que aperta lentamente o acelerador, mas o balão verde refulge no espelho: o motorista solta um palavrão e põe o motor em ponto morto:

atrás do balão sobem duas moças. As duas moças riem muito e suas mãos se esticam para segurar a bola, que ricocheteia no piso, sobe até a lâmpada que treme, iluminando as letras impressas na tênue substância: FELIZ ANIVERSÁRIO: o preto agressivo contra a superfície diáfana e brilhante.

A moça mais alta paga o ônibus, as duas atravessam a roleta e se sentam bem na frente, perto do motorista que engrena o motor novamente.

O balão desliza até o banco da frente e, bamboleando, se chega aos pés do estudante. O estudante, as mãos unidas entre as pernas entreabertas, os olhos fixos em um ponto somente visível para seus olhos, parece acordar: levanta o balão e joga o balão para a moça mais baixa, sentada junto à passagem,

e a moça tenta pegar o balão mas ele escorrega entre seus dedos finos e sobe e revoluteia e bate na cabeça do mulato. O ligeiramente bêbado começa a rir, os olhos turvos se clareiam, enquanto o mulato afasta o rádio do rosto e com as pontas dos dedos atira o balão para o banco das moças: o balão descreve uma elipse agoniada e pousa na mesinha do trocador. Agora, todos acompanham a trajetória lenta do balão, o motorista diminui a marcha e todos estão em pé, os corpos contorcidos na ânsia de amparar o balão, os flocos amarelos a deslizar na convexidade luzidia tremidas refrações a cada novo arranco do ônibus.

As duas moças riem, claros dentes brilhosos nos rostos queimados, elas tentam segurar o balão e seus corpos perdem o equilíbrio e têm de largar o balão,

e todos falam e são todos sorrisos, o motorista murmura alguma coisa mas ninguém escuta, todos sorriem, e o casal bem vestido finalmente segura o balão e o senhor elegante entrega o balão à moça mais baixa que nem agradece, ela ri, ela ri muito, e se senta em seu banco, o balão firme entre seus dedos finos.

O trocador volta a contar dinheiro,
o motorista acelera o ônibus,
o mulato escuta o rádio de pilha transmitir o Festival da Canção,

*o estudante de óculos concentra-se nas próprias indagações,
o ligeiramente bêbado turva seus olhos,
o casal bem vestido que marcha unido para a velhice...*

e todas as mãos procuram as barras dos bancos da frente.

OS LEMINGUES

Samuel acendera o cigarro e agora empurra a fita: a música é dolente mas alegre: a música se mescla à maresia, ao sol, à manhã clara de agosto. Samuel dirige lentamente e pode contemplar os biquínis, as barracas, o volibol. É cedo ainda e Samuel pode guiar com calma, junto ao meio-fio da Avenida Atlântica: ele vê as ondas suaves, a fumacinha de um vapor, as bandeiras à frente do Hotel Copacabana Palace, e passa o Lido, entra pela Princesa Isabel e repara que o sinal está verde: acelera um pouco para aproveitar o sinal,

o cachorrinho, um poodle, pula à frente de seu carro. Samuel freia, afunda o pé no pedal, a Simca desliza para a esquerda, estaca ao meio da Avenida Nossa Senhora de Copacabana,

O Volkswagen azul bate no para-lama traseiro da Simca,
o carro preto oficial bate no para-lama dianteiro da Simca,
A FIAT 850 bate no Volkswagen azul,
o Volkswagen vermelho bate no carro oficial,
o 125 bate perpendicularmente no carro oficial, o 125 vinha da Avenida Nossa Senhora de Copacabana,
o 425 bate no 125,
o Volkswagen vermelho bate no Volkswagen vermelho.

Mais dois ônibus se chocam, o tilintar dos vidros se esboroa nos ouvidos de Samuel,
a Galaxie – cinza – bate nos dois ônibus.

Agora, os veículos buzinam, todos os veículos buzinam, todos os veículos do mundo se juntam naquela esquina,
àquela hora,
embalados, fundidos, rachados, batidos.

Samuel sai do carro, Samuel indene, e tenta fechar a porta cheia de mossas mas a porta não se fecha, ele desiste e mira:
1, 2, 3, 4, 5, 6, 7, 8, 9, 10, 11, 12, 13, 14, 15, 16, 17, 18, 19...
e para de contar. Samuel está cercado por viaturas: os carros se aglomeram por todas as direções e sentidos, por cima da grama da praça, por cima das calçadas.

Os rostos aparecem nas janelas dos prédios, todas as janelas de todos os prédios estão abertas, e os rostos aparecem em todas as janelas:

OH!

Samuel aperta a gravata, vê o cãozinho a seus pés: o poodle brinca animadamente com os cordões de seus sapatos. Samuel estala os dedos, o cãozinho o segue, e os dois se afastam calmamente e vão para a praia.

BLUTWURST MIT SAUERKRAUT

Um Piper Cub: as asas altas, monomotor, biplace, a fuselagem inteira em listras vermelhas e brancas e que se afastam unissonamente do mesmo ponto à frente da cabina, a faixa branca arrasta-se no espaço: PROPAGANDA: PROPAGEAR 230-4046. O branco escapamento se dissolve preguiçoso: rota fumaça por cima do Forte de Copacabana, grossos nós à frente do Hotel Excelsior, o Piper Cub se dirige para o Leme.

Bronze brunido junto ao mar, cerca das nuvens em tons de rosa, as águas são verdes, cinzas, negras, azuis, cerca da areia em tons cerúleos, um Cumulus-Nimbus em paralelo à curva da praia, a bigorna rente aos Dois Irmãos, o sudoeste joga as vagas contra as rochas, passam carros pela rua tortuosa, estreita, cavada mesmo nos granitos e gnaiss azuis, cinzas, os laivos castanhos entremostrando-se, os carros passam: serpente infinita:

oh, que tédio!

Gato Gordo se espreguiça na areia, determina dois sulcos paralelos na areia: basta abaixar as duas pernas, repousá-las na areia, os calcanhares lavram dois sulcos paralelos na areia:

Gato Gordo coça o bigode. Agora se utilizam bastos bigodes e deve-se penteá-los para baixo, abaixo da base do nariz, e torcê-los, torcê-los para fora, junto à comissura dos lábios, mas não muito, o bastante para que as pontas pareçam querer se levantar, rubiginosos fios brilhantes à luz do sol.

A vila de S. Sebastião. Os Argentinos chegaram: inundam as praias, assaltam Copacabana, *estes* ouvidos em todos os lugares, *este*, e pode-se colocar os três pontinhos após a palavra típica, *este*, Gato Gordo sente que o verão chegou, estica-se nas praias, o sol inunda sua pele ruvinhosa.
– O senhor me pergunta aonde fica a praia de Copacabana? – Gato Gordo tenta analisar a voz, mas o esforço é muito forte para sua pele queimada, aquela ardência nos tornozelos e que sobe até a própria testa, aquela sensação vaga de febre, os pelos de bronze refulgem nos antebraços longos e duros e vermelhos ele cutuca a barriga de Von Rommel:
– Ei! Ela me pergunta se eu pergunto a ela onde é que fica a praia de Copacabana.
Von Rommel escancara os lábios grossos e se esforça para compor uma cara inteligente: aperta os olhos, franze a testa, move os ombros: o corpo fino e comprido se movimenta aos arrancos, os quadris para direita, o tronco para a esquerda. Ele mexe na pulseira de prata que lhe aperta o pulso direito, o sol incide sobre as Armas da República.
Um garoto joga uns folhetos sobre a areia. Um dos folhetos escorrega na transparência dourada e se pousa no tronco de Gato Gordo. Lentamente o braço direito se arqueia contra o peito e os dedos seguram o papel cor de rosa:

Oh, que tédio!

Von Rommel ficara meio afastado, e gira em círculos como peru na roda, fumando, ajeitando o calção, a coçar longamente os cabelos que já se afastam da testa e buscam refúgio no meio do crânio,
mas eu nunca precisei de ninguém, eu sempre consigo me virar sozinho, no momento preciso eu sempre consigo me virar, sozinho, sempre sozinho, como nasci e como vou morrer, sozinho, sem fórceps ou puxões, sem pistola ou cianureto de potássio, aguentando o câncer ou cirrose ou trom-

bose, e juro que não reclamarei, não vou chorar, mas talvez xingue, berre, mexa as pernas, os braços, a cabeça, pois o homem tem sempre de lutar,

Les Oiseaux levanta as alças do mailoti, ela afinal começa a rir: mailoti, maiô, seu! as marcas nos ombros claros e pintalgados pelas sardas, manumitir significa libertar, quero dizer, dar alforria a, os ombros manumitidos pelas alças, talvez márcidos? maduros sim, não márcidos, os ombros:
– Você faz o quê?
– Ah!
– Hein?
– Nada. Eu não faço coisa nenhuma – Gato Gordo afunda a sinistra no interior do calção e puxa a sunga – tenho um problema de *Lebensraum*, o calção...

Les Oiseaux ri e seus ombros se mexem, Von Rommel marcha para a frente e para trás, tenta compreender alguma coisa, mas desiste, acende o cigarro e conserta a pulseira, as Armas da República devem ficar na face externa do pulso, determinação do R. D. E.

faraônicas
esplendorosas profissionais fenícias,
Queens of Shebah,
vossos olhos são como duas najas,
oh mães de família,
nas calçadas ondulantes da Zona Sul,
principalmente na Av. N. S . de Copacabana
das 3 da tarde até às oito,
malíferas,
venenosas,
imprescindíveis cariocas

Será que Von Rommel já foi promovido? Coronel, tenho de lhe cumprimentar. Em que prensa gravaram Von Rommel? De que papel foi feito? Será que tem marca-d'água? A bola de vôlei cai perto de Gato Gordo, ela desliza pelo monte de areia, roda lentamente para o mar, os rapazes correm atrás da bola,

Oh, que tédio!
VRUM! VRUM!

O Piper Cub resfolega e Les Oiseaux levanta o rosto e coloca a mão sobre os olhos, pala protetora, e se levanta nas pontas dos dedos, o corpo flexionando-se para trás, e Gato Gordo aproxima-se:

Von Rommel executa um semicírculo que se prolonga desde a arrebentação até o meio da praia, chega a roçar Gato Gordo, consegue rosnar alguma coisa e prossegue, enorme caranguejo claudicante, até fechar o círculo novamente junto à arrebentação.

Eles correm atrás da bola, não sentem as pernas rangerem, os músculos que reclamam, a sede, o calor, a chatice, aquela boba poesia, seria mesmo poesia?

Les Oiseaux conserta o corpo e quando desce, no que os pés se apoiam na areia, seu tronco se junta ao de Gato Gordo,

VRUUM!

– Onde é que você está? Onde é que você se esconde? Tás a ver que não vou me arrancar para S. Paulo, né?

– Hum! Não vês que tenho um apartamento aqui, em Copacabana. É tão pequeno que digo: minha bombonière. E não me confundas você com tu.

Gato Gordo pensa e ri: *é puro português coloquial, ou melhor, carioca, tá? A que horas você tá lá, hein?*

A guarda passa pela avenida principal, já deve ser meia-noite. Duramente, duramente os *bat-boots* vibram no concreto, a guarda se dirige para o Portão Monumental. Não sei,

não sei bem como, ninguém nos vê. Naquela noite, eles me esperam no meio do terreno, escondidos pela grama, me seguraram, me conduzem pelas mãos e pelos pés, tento berrar, mas alguém me tampa a boca, vamos deslizando pela grama, lentamente, vamos de rastejo, sinto aqueles talos que roçam a minha pele, minhas mãos ficam dormentes, os braços pendem, me arrastam pelas axilas, as mãos ficam dormentes.
– Vamos escalar as paredes. Um trepa nos ombros e o outro depois puxa o primeiro para cima.
– E Gato Gordo?
– A gente arrasta ele. Começa você, Von Rommel, trepa nos meus ombros.
– Todos calados!
– Visto!
Les Oiseaux prepara o cálice: esfrega a casca de limão nas bordas, pela face exterior, e coloca gelo moído no interior. O vidro fica embaçado, Gato Gordo segura o fuste e parece que o calor se afasta: *hein, Von Rommel, tu sabe o que é um Martini seco?* Mas Von Rommel não responde, ele está sentado bem defronte ao aparelho de ar-condicionado, o vento faz sua camisa inflar e sua mente absorve a decoração do apartamento, Gato Gordo nota o esforço inaudito que Von Rommel desenvolve: *hein, Von Rommel?*
– É.
– Ele fala, viu? Não é mesmo surpreendente? – Les Oiseaux verte o líquido nos cálices, a comprida colher de metal cliquateia contra a coqueteleira, e, no que se inclina, o perfume se irradia pela sala,

grrr!

A bola agora bate na barriga de Gato Gordo, um rapaz mergulha e segura a bola: *o senhor me desculpe!* Gato Gordo ajeita os óculos escuros e não responde, passa a mão na barriga, os grãos de areia se conglomeram nos pelos ruivos que cercam seu umbigo, ele ergue o braço direito e vira o rosto na direção do vendedor de mate que passa arquejante:

Oh, que tédio!

Von Rommel se atrapalha com o cigarro, o cálice, o perfume, Les Oiseaux, as mãos, seus pés, sua cabeça, Gato Gordo, o fato de viver, respirar, sentir o frio do ar--condicionado, pensar, e sua manípula peluda treme:
– Ih! Molhei toda a camisa! – Gato Gordo tenta analisar a voz, mas o esforço é muito forte para a raiva que sente, *Von Rommel desastrado!* Subitamente, a raiva o empolga, ele necessita esvaziar a frustração de haver pensado mais de sete anos por Von Rommel, desde o Colégio Militar, o curso inteiro, até a Academia Militar, o curso quase inteiro:
– Estúpido! Burro!
Gato Gordo paga o mate e se esforça para erguer o tronco, o vendedor segura o copo de papelão e Gato Gordo se apoia nas mãos, os grossos bíceps incham e, triunfantemente, ele fica sentado, parece um faquir, as pernas entrecruzadas, curiosos tornozelos finos e ressecados, Gato Gordo consegue se erguer sem utilizar as muletas de alumínio que jazem na areia.
Junto aos alojamentos, a cabeça de Gato Gordo se aclara, a bebedeira se afasta, ele consegue subir nos ombros do Gaúcho, ele consegue permanecer no parapeito do segundo andar, ele consegue segurar o Gaúcho que trepara nos ombros do Cobra: Gaúcho, qual é mesmo o nome daquilo? Gaúcho resfolega: Blutwurst mit Sauerkraut.
Os dois riem, as costas contra a parede, lá em baixo a grama e, lá de baixo, Walter e Cobra agitam os punhos para eles e colocam os indicadores na boca: *silêncio!* E Gato Gordo se cola à parede, se firma num rebordo de concreto e Gaúcho trepa em seus ombros, lá no 3º andar está Von Rommel,

e Gato Gordo sente pena de Von Rommel: o Gaúcho é muito pesado. O Cobra agora está a seu lado: *monta, Gato Gordo!* Gato Gordo coloca o bibico no cinto, abraça o pescoço do Cobra, trança as pernas no tronco do Cobra, coloca os joelhos no pescoço do Cobra, segura um rebordo de concreto e fica de pé nos ombros do Cobra,

Gato Gordo bebe o mate, todo mundo vai para a Barra da Tijuca no fim da semana, a serpente se move ao longo da Avenida Niemeyer, lentamente, lentamente. Puxa, como gostaria de meter um vôlei! A Natalina me disse que hoje tem chucrute com chouriço,

Blutwurst mit Sauerkraut.

agora, ele estica a mão direita e sente a manopla de Von Rommel fechar-se contra a sua. Seus joelhos se esfregam nos grãos ásperos do cimento no que seu corpo é puxado para cima. Sua mão esquerda tateia o vazio, ele tenta levantar a cabeça e vê o rosto de Von Rommel acima do seu: *Von Rommel sorri!* Ele consegue ver os dentes brancos por um segundo, e sente
   a
    manzorra
     de Von Rommel
      se abrir.

UM CASO DÚBIO

Encontrou-a bem na esquina da Barão de Ipanema com a praia, no que saía do Cinema Rian, às vinte e duas horas. Ela trazia Nabucodonosor no colo: o cocker spaniel apoia a cabeça no ombro esquerdo dela: a língua rosada pendente, arestosa: o resfolegar incessante chama a sua atenção dele para as calças em veludo azul e as costas recobertas pelas sardas. A larga sarda junto à nuca o fez reconhecê-la: segue atrás dela até à Rua Miguel Lemos: sente o suor empapar a camisa, o forte cheiro de maresia. Na esquina da Miguel Lemos ela dá meia-volta: fitam-se de frente, os olhos escuros dela ao nível dos olhos dele, e os curvos, longos cílios dela imobilizam-se por um comenos.

— Calor estúpido, não é? — ele conseguiu falar, enquanto se esforça a fim de enrolar a manga direita.

Ela não responde: abre os braços: deixa o cachorro deslizar até a calçada e continuou a fitá-lo: o braço direito se move, estirado pela correia de Nabucodonosor.

E Nabucodonosor fareja os sapatos dele e, depois, mordeu a calça de tergal em xadrez cinza-claro, e agora, puxa a correia com força, e senta-se nas patas.

Alguém esbarra nele, de sua boca dele espouca um palavrão. Agora, envergonhado:

— Desculpe, sim? — e acaba de enrolar a manga direita e começa a enrolar a esquerda.

Ela continuava estática. Só por um momento, ele a crê petrificada: espanta-se ao ver o busto movente, passa o lenço na testa e o dobra cuidadosamente:

— Sabe? — começa a falar mas interrompe-se e guarda o lenço no bolso da calça.

Ela continuava estática. Ele acende um cigarro e sopra a fumaça para a praia: sentiu o rosto enrubescer e, surpreso, verifica a emoção que ainda sente junto a ela. Endireitou a gola da camisa dele, as unhas de sangue rubras no pano branco: ele estremece: a mão dela em seu pescoço dele, a carne se arrepiando. O cachorro late para um carro que passa.

— Olha...

Os olhos dela brilham mas a boca é linha reta, muito cerrada.

— E por que não insistiu mais? — a voz dele é queixosa.

Ela ainda não responde, ele traga fundamente e sacode a cinza do cigarro.

— Você queria o quê? Esperava que eu esperasse a vida inteira? — ele tenta rir, mas o que sai é cavo som gorgulhante — e depois você não teve sua chance? Não aproveitou porque não quis.

No que ela estraleja os dedos, Nabucodonosor aproxima-se, o rabo se balançando, o descuidoso andar.

Ela suspende a manga da blusa para que a correia não a suje e franziu agora a testa: os traços verticais embranquecem a pele fosforescente: tanta praia.

— Ah! Já vi que não fala mesmo, não é? Estive hoje, hoje mesmo, com o advogado e mandei sustar o processo, compreende? — trêmolos na voz emocionada.

Mas ela o fita silenciosamente.

— Nabucodonosor, Nabuco, Nabuquinho, meu filho — ele chama o cachorro, e o cachorro saltita, alegre, e o rabo agora se agita, violento — vem cá, vem.

Nabucodonosor aproxima-se, abaixa o focinho, a língua pende sobre a fímbria da calça direita.

Ele se concentra, fecha os olhos, cerra os punhos e levanta o pé direito: o bico do sapato se choca contra as mandíbulas abertas que se fecham secamente: o sangue jorra da língua perfurada e se mistura aos uivos lancinantes.

    Ela permanece estática. Ele se afasta, sacode a perna direita da calça: e vai pela Avenida Atlântica.

UM CERTO SENHOR TRANQUILO

Rápido, entra pela saleta, pendura o paletó no montante seguro pela armadura milanesa cheia de graxa, bate palmas: aparece a criadagem: cozinheira, copeira, arrumadeira, governanta, valete. O chofer estava na garagem. Pergunta se há novidades, mas tudo está bem, claro, e ninguém telefonara, ninguém. Suspira aliviado e pede um Haig's e o valete se precipita, o gelo já separado: álgido, fumegante, no estojo de couro, onde gravaram a divisa da família – largo ma non troppo – encimada pelo mandril vociferante,

e a governanta já traz o robe de veludo grosso e vermelho-escuro, no que a arrumadeira lhe trocava os sapatos de cromo cinzento pelas finas pantufas de camurça,

e dirige-se para a biblioteca, bem composto, calmo e não tencionado, o copo de cristal tcheco na mão direita, ombros retos, abdômen recolhido, e sacode o copo alegremente, as luzes faulhantes no bisotado caprichoso.

Afinal, vendera os papéis que comprara há quinze dias: ganho de cento e cinquenta por cento: bárbaro, bárbaro! Só podia sentir-se em paz com a Bolsa e o mundo generosos, que lhe proporcionavam tais alegrias, tanta paz e facúndia inquebrantáveis, mais a tão jovem pressão de oito por doze e meio.

Senta-se na poltrona que gira, se abaixa, se levanta e se arqueia, o Haig's e o gelo na mesinha de jacarandá à sua direita e, entre os velhos pergaminhos, livros e medalhas familiares, aguarda, ansioso mas convicto.

O valete traz o caixote escuro, de madeira bem brunida, suspenso pelas duas alças, e o deposita aos seus pés, respeitosamente. E ele faz um gesto: o valete levanta a tampa do caixote, tateia o interior, bastante concentrado: retira um jabuti do caixote e o coloca sobre o tapete persa. Mais um momento angustioso, e o valete retira outro jabuti do caixote e o coloca sobre o tapete persa. Um jabuti é maior que o outro mas ambos são pequenos, embora o maior seja maior que a palma da mão do valete.

O vago cheiro dos velhos pergaminhos torna-se mais ativo e o buquê do Haig's se prende à sua abóbada palatal e depois se espalha pelo esôfago. Agora, sobre o tapete quase branco, os jabutis esticam as cabeças para fora do casco convexo e o maior agita o rabinho: cachorro que vê o dono: sua cabeça é recoberta de placas cor de coral, entra e sai do cilindro, pistão bem lubrificado.

O senhor tranquilo sorri: os lábios se arreganham, o sorriso largo sob o fino bigode claro. Ele sorri, o que faz o valete também sorrir: lindos, hein? Lindos, senhor, lindos!

e o senhor tranquilo despede o valete ao mover macio dos dedos da mão esquerda, e o valete se retira e carrega o sorriso consigo, o armazena cuidadosamente, enquanto se retira de costas, o sorriso para sempre fixo na face esquálida e vazia.

Ele bebe o resto do uísque, encaminha-se para a secretária enorme, estática, que se abalona pelas pernas grossas, destampa a compoteira de cristal, esparrama os bombons sobre a secretária e traz a compoteira sem a tampa até o tapete:

a compoteira é finíssima, o cristal é liso, nenhum desenho na superfície transparente: a tessitura do gasto tecido quase branco do tapete atravessa o vidro sem distorções, reflexos ou refrações:

ele sorri dolorosamente e coloca o jabuti pequeno no interior da compoteira: o comprimento do casco adapta-se perfeitamente à circunferência, as aguçadas extremidades do casco – à cabeça e ao rabo – se encaixam no raso rebordo que recebe a tampa, e o jabuti movimenta as pernas, surpreso, e executa um movimento circular, no sentido dos ponteiros do relógio, a ponta das unhas a roçar o bojo da compoteira, muito lentamente, lentamente, lentamente.

O senhor tranquilo despeja mais uísque no copo e bebe o uísque de uma só vez. Agita-se inquieto na poltrona e observa os lentos movimentos circulares, o tatear das perninhas na abside escorregadia, lento, muito lento,

e, num repente, ergue-se, vai até à secretária, procura, e escolhe um cinzeiro de vidro: comprido, estreito e alto. Põe o cinzeiro sobre o tapete, levanta o jabuti maior e o coloca sobre o cinzeiro invertido: o casco se dispõe com precisão sobre o fundo chato do cinzeiro e as pernas se agitam freneticamente, inútil pedalar já que as pernas não alcançam o tapete.

O senhor tranquilo suspira, empurra a compoteira para mais perto do cinzeiro e senta-se na poltrona: assim, juntos, ele não precisa mexer a cabeça: consegue enxergar os dois jabutis ao mesmo tempo. Despeja mais uísque no copo, coloca gelo, balança o copo em lentos movimentos circulares, acompanhando os lentos movimentos circulares do jabuti menor e, afinal, encosta a cabeça no espaldar da poltrona. Ainda assim, recolhido, lerdo e feliz, pode ver os jabutis se movimentarem, lentamente, angustiantemente.

A VISITA ANSIADA

Primeiro arrumamos a casa toda: escondemos os livros e papéis, lápis e canetas, bolas de futebol, caminhões e bonecos, revistas e calças, camisas e camisolas, meias e sapatos.
    Bati o velho tapete e a poeira ficou-me nos cabelos. Depois, minha mulher fez um bolo e compramos guaraná.
    Em cima da hora, a garotinha quebra dois copos e recolhemos os cacos celeremente. Penteamos os garotos e olhei-os espantado:
    – Meus filhos?
    Minha mulher me dá uma pancada na barriga. Foi carícia, foi, e me pisca os olhos sorrindo.
    A casa arrumada ficava até bonita, pensei, fatigado, e corro para lavar o rosto.
    Tocaram a campainha e o Diretor entrou.
    Senta-se no sofá castanho e sorriu-nos: complacência nas faces bovinas.
    E o meu filho perguntou:
    – Ele é o Grande Chato?

AS CURTAS FÉRIAS DE MISS YOUNG

2ª FEIRA: 23 HORAS E QUARENTA E QUATRO MINUTOS

ALBERTO SEGURA O COPO, ele ergue o copo, sua mão direita se projeta para fora da janela, o copo treme, o conhaque joga dentro do copo, o líquido se balança dentro do copo, e a mão de Alberto solta o copo: o copo flutua, parece imobilizar-se por um momento e logo depois some de nossas vistas quando o carro se lança para a frente,

MISS J. B. YOUNG

chegou num avião da Braniff e leva um soco no rosto: o calor lambe-lhe o verdáceo compacto das pálpebras pouco afeitas a temperaturas agressivas. Era noite mas fazia 39° e o casaco de pelo de camelo raconta-lhe câmaras de tortura, cada pelo uma agulha perfurante, cada fibra um portal do inferno. O fogo abraça Miss Young, o fogo põe a guirlanda no torso de Miss Young, o fogo lhe banha a pele pudica, sardosa, macia, os imaginários animais sarandeiam – sarças inclementes – sobre as mucosas recurvas no estômago revolto.

EU PISARA O ACELERADOR

e o automóvel arranca para a frente – nós todos rimos e não conseguimos ouvir o copo se partir no asfalto, a inércia cola nossas costas aos assentos, nossos corpos se inclinam para trás, colados aos bancos, inclino mais o quebra-vento em direção ao rosto de Miss Young.

É CARNAVAL

A PREZADA MISS YOUNG não entende por que a puxo para o elevador, mas não importa não: é Carnaval, sim, é Carnaval, e a britânica ingenuidade aceita que a puxe pela mão cor de mate, as sandálias deslizam pelo mármore do saguão, as pernas vibram por cima das sandálias: curta a saia no meio das coxas: as sardas concentram-se mais na frente das coxas e se apagam no que termina o costureiro, que mergulha bem no cimo das rótulas risonhas, sem sardas e lisas, rosáceos enfeites sensuais, ó Miss Young, a buzina toca.

NÓS TODOS RIMOS

ALBERTO AGORA levanta a garrafa do chão do carro, ergue a garrafa de Fundador e a coloca junto à janela do carro, e seu braço ondula, seu corpo se contrai de tanto rir e percebo que a garrafa inda está cheia e consigo segurá-la com a mão direita:

DOMINGO, ÀS 20,10.

– J. B. Young: peagá mais ípsilon, ípsilon. O que será isso?
Bernardo escrevera o tal endereço a máquina, mas a chuva decompõe o papel e fico na dúvida, peagá mais ípsilon, ípsilon e Alberto me espera no carro, o carro não tem calha, a chuva molha a cara de Alberto:
– A mão é para a frente ou para trás?

A LEI DE PARKINSON

mais os cálculos negativos de probabilidade me provam que tocarei primeiro no apartamento errado, é certo, isto é certo, quero dizer, tocar o apartamento errado, e quase nem levanto a cabeça quando a porta se abre, enfio as mãos nos bolsos das calças e me balanço nos calcanhares:

UMA INGLESA NO RIO DE JANEIRO

J. B. Young fala e descubro ser inglesa, ela não fala uma palavra de português, ela me mostra a garrafa de gin, respondo que não, ela me pergunta se está chovendo, respondo que sim, que horas são: *9 p.m., Já jantou?* claro que não, claro, claro, pois que espera o palhaço que lhe pague o combustível, mas sim, a carroçaria é muito bem feita, o bom é gasolina azul, a mais pura octanagem para movimentar as refinadas partes do possante motor,

SÃO MACIOS

meus braços roçam os seios de Miss Young, os seios de Miss Young estão quase desnudos e meu braço os esfrega ritmadamente no que a suspensão pula nos buracos e consigo segurar a garrafa, mas não retiro a garrafa da mão de Alberto, assim posso esfregar o braço nos seios de Miss Young que se inclina mais para a frente, e todos rimos, nós todos rimos.

DOMINGO, 20 HORAS

TENTO EXPLICAR-LHE que a mão é para a frente, mas eu parqueara o carro ao contrário, e sinto preguiça de lembrar-lhe que a frente é para lá, mas também não tem muita importância, tem uma garrafa de Fundador no carro e Alberto se lembrará da garrafa, certamente, por isso levanto os ombros e corro da chuva para debaixo da colunata rósea do prédio, e tento me lembrar do número do apartamento, mas me lembro de dois números, o 601 e o 701, e tomo o elevador ante a presença refulgente do porteiro: por um momento, posso examinar as dragonas largas, e a porta se fecha.

É CARNAVAL?

QUE BARULHO, um bloco passando, um bloco, um bloco: ajuntamento de crioulos suarentos que bebem cerveja em cada botequim e passam a mão nas bundas saltitantes que se mesclam às cuícas, cuícas, cuícas, tamborins, tamborins, sim, TAMBORINS, e tento explicar-lhe como é um tamborim mas não dá jeito não, ouço a buzina estridente, Alberto!

ALBERTO NÃO FALA PORTUGUÊS

penso dizer-lhe que o Alberto está lá em baixo, bêbado, sem falar uma palavra de português, o motor funcionando e, já, já, uma pessoa qualquer desejará entrar para a sua garagem e que o carro está justamente na entrada da garagem, mas sinto preguiça, e prefiro contemplar a Miss J. B. Young, ou como diz Bernardo: Miz Iungui: magra, sardenta, ruiva, o vestido é verde, aposto que demorou bastante a procurar o verde exato para o verde preciso dos olhos.

A SUÉTER VERDE

MISS J. B. YOUNG despede-se: ela beija longamente Alberto, as olheiras são marcantes, o corpo é lasso, mas ela marcha impávida para a porta, e parece que seus pés infletem-se para dentro, no que ela marcha os pés infletem-se um pouco para dentro, as costas arqueiam-se também, mas ela marcha para a porta, os pés infletem-se um pouco para dentro, ela carrega a bolsa a tiracolo, a bolsa de couro cru, mas se esquece da suéter no sofá, ela esquece a suéter no sofá verde.

— MISS YOUNG?

— Yes?
— Miss Young? — e levanto os ombros, o paletó se estica, abro o sorriso — sou amigo do Bernardo, o senhor Bernardo. O senhor Bernardo me recomendou passar por aqui e pegar a senhorita, o senhor Bernardo...
— ... telefonou dizendo que o senhor viria. Não quer entrar?

3ª FEIRA, 2 HORAS

OS TRÊS entram no apartamento. Um deles tentara abrir a porta principal mas a chave não se adapta à fechadura: ele resmunga e os outros dois riem: afinal a porta de serviço é aberta pelo lado de dentro:
— Ué! Vocês aqui?
— Nós podemos entrar, Bernardo?

EU NÃO ESTOU ENTENDENDO NADA!

a moça dizia, sentada na frente do carro, entre os dois rapazes. A moça fala inglês, o rapaz da direita fala castelhano, e o rapaz da esquerda, o rapaz que está dirigindo o carro, fala português. Eles falam ao mesmo tempo, eles não se preocupam em saber se os outros estão compreendendo o que dizem, eles falam, ela fala, todos falam e todos riem.

NO AEROPORTO DO GALEÃO

Miss J. B. Young se lembra da suéter verde que deixara sobre o sofá também verde. O banco de madeira é duro e o corpo de Miss Young é todo uma dor só. O corpo de Miss Young é o corpo de outra pessoa com quem ela tenta se comunicar e não consegue. O corpo de Miss Young dói. Dor, dolor, doloroso, dorido, dor. A suéter verde. Miss Young se lembra de uma suéter verde que não pusera na mala de couro. Mas é tão quente! Miss Young se lembra de que faz calor, o calor mais quente que jamais sentira. Por que se lembraria da suéter verde? Para que suéter? É tão quente! Como faz calor! Agora Miss Young se lembra de outro assunto. Ela se vira para o senhor de chapéu que está sentado a seu lado:

– Por favor: que lugar é esse?

O senhor não responde: olha para Miss Young e sorri, e depois acende o charuto cuidadosamente. E Miss Young pensa: *será que eu disse bobagem?*

O verdáceo compacto das pálpebras escorre ao longo da base rosa desfeita, e o delineador castanho se desmancha nas faces inchadas: são curiosas linhas undosas e paralelas, ó Miss Young.

UM RECORDE

Apavorado. Acorda apavorado. Primeiro o coração que dispara, depois o calor angustiante. Por um momento fica estático na cama: apavorado. E as bagas de suor lhe cobrem o corpo nu:
    fizera a tal viagem muito rapidamente: os músculos da perna direita ainda latejam: esforço de manter o pedal do acelerador embaixo por dezoito horas consecutivas. E a perna doía, ritmadamente acompanhando a circulação venosa. Parece incapaz de mover a cabeça, e a mão direita ficara dormente, mal disposta por trás das costas encharcadas.
    Quis se libertar do mal-estar que experimentava e coloca a mão direita em sentido paralelo ao do corpo: formiga dolorosamente.
    Parei uma só vez na estrada: para andar um pouco. Bati o recorde Brasília-Rio. Estou suando, esqueci a janela aberta. Sonhei?
    Pesadelo: estava no quintal em casa de Dona Carolina, já noite feita. A coisa aproxima-se, pula que nem sapo, e cresce fofa, o lado esquerdo contraído, e o corpo inteiro se contorce naquela direção. Os cabelos arrepiados rebrilhavam: cada fio se agita autonomamente. O fogo verdáceo jorra das narinas e dum corte na face direita e desesperadamente ele se cola ao muro para fugir à coisa que escancara a boca – meu filho – estirando as garras afiladas.
    Agora já acordei e posso até mexer os dedos – olha só – e o coração está sereno, seu: apanho o cigarro na mesinha de cabeceira, vou até o banheiro e depois bebo água.

E movimenta laboriosamente o corpo renascente para a esquerda onde se encontra a mesinha de cabeceira,

e, bruscamente, no que ele se vira, a coisa irrompe do chão.

O GATO PRETO

I

O curioso objeto era multicolorido e lembrava dois cones superpostos pelas bases: os reflexos amarelos, vermelhos e verdes escapavam-se do bojo fulgente: velado clarão na extremidade inferior truncada. E movia-se lentamente na escuridão noturna, parecendo às vezes desviar-se da elítica pronunciada que executava.

O soldado Mordechai ben Natan contemplou-o com tranquilidade, enquanto esperava ser rendido: sua mente fixava-se no jantar e na cama sucessiva. Num repente, nota que outro objeto subia no espaço: aparência igual ao primeiro, parecia balançar docemente em sua direção. Um terceiro aparece, e mais um quarto e mais outro. Os três últimos se levantam perpendicularmente exatos: aquele estranho clarão por baixo contraste marcante com as estrelas azuladas e longínquas, embora suave.

O soldado Mordechai ben Natan retorce o pulso: vinte horas e cinquenta e oito minutos. Mesmo sem apontá-lo, esvazia o carregador automático: a solidão e o silêncio povoaram-se dos ruídos berrantes das sirenes, o estacato das ordens secas, o rascar das botinas contra o solo.

II

O sargento-mor Alif Khalil levantara a lona da barraca e se dirigia calmamente para a zona neutra. Deliciado – ironia, desprezo, arrogância, raiva – pensava na pequena incursão noturna que fazia, hábito cultivado com zelo marcante e perícia invulgar. Com a precisão que o tornara famoso no regimento, toca na calça de lã castanha com a mão direita, que ele fecha imediatamente, após a tranquilizante sensação produzida pelo bolo de papel macio, bem dobrado no bolso de trás, enquanto a bem treinada mão esquerda opera no cinturão de lona, abrindo a fivela de bronze.

O sargento-mor Alif Khalil gostava de se aliviar na zona neutra. Os pés – endurecidos pelas ferradas batinas – tocavam a grama da zona neutra, no que o soldado Selém-Selém deu a primeira volta à manivela que fazia roncar o alarma. O sargento-mor Alif Khalil levantou as calças que tombavam e, resolutamente, aperta o esfíncter, transferindo o eficaz alívio para mais oportuno momento. Em acelerado retorna ao acampamento, quando seus tímpanos já vibravam com os ruídos que partem além da zona neutra, em cabal demonstração de que os judeus se agitam.

III

Sua Excelência, o embaixador dos Estados Unidos da América, estava bem-humorada. Aproximava-se o fim de um dia trabalhoso e tão bem-sucedido. Conseguira, após diligentes esforços, que a RAU aceitasse um empréstimo para as obras de Assuã. O presidente Nasser fora cordial e até sorrira das anedotas que inventara, enquanto elaboravam os termos finais do Convênio; o bigode bem cuidado levantara-se à comissura esquerda, bem na linha do esgar sardônico dos lábios quase roxos.

Feliz, Sua Excelência imaginava a cara de surpresa dos russos, ao terem conhecimento do Convênio. Quando o Cadillac negro chega aos portões da Embaixada, Sigmund Faulhaber – Zig – o agente da CIA que viajava ao lado do chofer, avisa Sua Excelência, em tom animado, pelo microfone:
– Excelência, o estafe inteiro o está esperando.

Sua Excelência observa o compacto grupo atento; perfilado junto à portada e, já mal estacara o carro, Roy Wilkinsons, o sôfrego Terceiro Secretário, precipita-se para lhe abrir a porta:
– Excelência, Excelência...

Antegozando os efusivos cumprimentos que certamente receberia, Sua Excelência foi magnânima e condescendente, enquanto mirava o laço torto da gravata de Roy:
– Calma, rapaz. Componha-se.

Roy Wilkinsons endireitou a gravata, pigarreou e enuncia – precisão e clareza na voz juvenil:
– Primeiro – recebemos, às vinte e duas horas e treze minutos, comunicação do Quartel-General da ONU dizendo ocorrer uma batalha aérea por sobre a fronteira. Segundo – às vinte e duas horas e quinze minutos captamos mensagem de Sharm-el-Sheik para o Quartel-General daqui, descrevendo a batalha que já estava sobre o território da RAU.

Calou-se, olhou para Zig que abrira a porta e, velozmente, já corria para a Embaixada.

Sua Excelência pronunciou uma frase considerada pouco diplomática, e Roy fez um gesto para o chofer, que acelera o carro pela aleia pedregosa. Sua Excelência apagou o Corona-Corona no cinzeiro e aperta o pulso: cento e dez, contou, começando a sentir a dor no lado esquerdo.

IV

O camarada Encarregado de Negócios da União Soviética, Alexei Orloff, acabara de ingerir sua quinta dose de Justerini & Brooks e acenou indolentemente para o mordomo que, abaixando-se por sobre a mesinha que estava junto ao Encarregado de Negócios, mistura-lhe mais outra dose de uísque com ginger ale.

A senhora Orlova bebia seu burbom, um Grand Old Daddy do Kentucky enviado pelo camarada Segundo Secretário da Embaixada da União Soviética em Washington, e fumava um refrescante Salem mentolado que o prestimoso diplomata lhe enviava aos pacotes.

A sala de estar é acolhedora e ouvia-se o tranquilo tilintar dos cubos de gelo chocando-se contra o cristal bisotado, cada vez que o respeitável casal conduzia os copos aos lábios nédios e bem compostos. O ar-condicionado era tão eficiente que a senhora Orlova repuxava a mantilha espanhola por sobre o cabeção de seda genialmente elaborado por Courrèges.

O casal estava feliz: Aliucha parara de beber e de ouvir discos de cool-jazz e conseguira entrar para a Universidade de Moscou; o senhor Orloff substituía o camarada Embaixador que fora a Moscou receber instruções e procurar uma camarada bailarina do Bolshoi. Agora, o senhor Orloff concentrava-se em decidir se comeria um pouco mais de caviar Malossol, ou um pouco mais de patê com trufas do Périgord. Então, resolveu comer um pouco mais de patê e um pouco mais de caviar; acenava para Jean Pierre Baptiste, o mordomo francês que roubara da Embaixada da Bolívia, quando o senhor Lavrenti Reskoff aparece, conduzindo expressão carrancuda na cara jovem e morena de georgiano, tão respeitosa das belas tradições criadas pelo camarada Joseph Stalin, e, agora, Reskoff bate os calcanhares naquela atitude que sempre atemorizava o senhor Orloff:

– Camarada Encarregado de Negócios!

O senhor Orloff gelou: o patê e o caviar convertem-se em bloco de neve dura em seu ventre avultado – imaginava já terem descoberto seus encontros clandestinos com Fátima, que sabia tão bem enroscar seu umbigo na dança do ventre. A benevolente vermelhidão facial acentuou-se rapidamente e, mais rapidamente ainda, sua expressão torna-se truculenta, no que levanta os olhos para a cara de Reskoff, o Agitator, e, então, o estômago se contrai e o calor sobe-lhe à boca – a velha azia da antiga úlcera.

– Sim, Camarada Comissário?
– Notícias confirmadas indicam batalha aérea na fronteira.

A senhora Orlova profere um "mãezinha do céu" e tapa a boca, esmagando o cigarro no cinzeiro, no que mira o camarada Agitator de soslaio, temente de que ele houvera escutado a terrível profanação.

V

O marechal Krim Ab Del Krim estava gloriosamente bêbado e rolava entre as duas meninas: apertava os seios de uma e alisava as coxas da outra e cheirava as pernas de uma e mordia os cabelos da outra. Elas riam e faziam cócegas na barriga flácida que se encolhia relutantemente, tremendo em movimentos convulsivos.

As meninas eram indicação de Aísha, a contrabandista de meias de seda francesa, que tanto gabara a excepcional habilidade das meninas em dominarem – de modo absoluto – a forte musculatura daquele precioso tubo que possuíam. A rara beleza e o cheiro de limpeza delas foram os aperitivos que levaram o bravo marechal até a cama, onde aguardava a bexiga inchar e conseguir um determinado efeito para comprovar honradamente a delicada habilidade das meninas.

Os copos de araque ingeridos já começavam a se evaporar e a correta aplicação das jovens línguas em certa parte sensível já produziam algum resultado, ainda incerto, mas provável, quando o ajudante de campo do marechal irrompeu resolutamente no quarto, no que destrói o já visível resultado de tão pertinaz esforço das meninas:

— Marechal, o grupo de caça Horus-3 está empenhado em combate sobre a fronteira.

E o marechal se veste em silêncio e, após enfiar o quepe na cabeça calva, ordena, agitando o grosso bastão de comando em direção às meninas:

— Pague!

VI

O Mig 19-4 fora atingido e o piloto Nadir Mufarrej ficara preso na carlinga e o Mig 19-4 executa um *loop* e começa a tombar, mas o tenente ainda grita: *morte aos judeus!* Mas o fogo crepitava alegremente, e produzia calor bom que espantava o frio no acampamento do pelotão Gato Preto, composto só de cariocas, e que substituíam o escalão gaúcho que já voltara ao Brasil. Exceção dos que estavam de serviço, o pelotão Gato Preto cumpria sua missão para a ONU e para o Batalhão Suez, em volta da fogueira no deserto.

Esforço pungente, a fogueira: Sérgio, Luís Carlos e Benedito levaram dois dias trabalhando com machados para abaterem os postos telegráficos de boa madeira sudanesa, arduamente fincados no deserto. A aquisição da madeira fora feita após hábil negociação diplomática desenvolvida por Nasser e agora as toras serviam de alimento à fogueira.

Elpídio passou as garrafas de cachaça e todos beberam um gole: o pelotão Gato Preto comemorava São João nas fímbrias do Deserto de Neguev.

Otávio levanta-se:

— Como é? Vamos soltar outro balão?

E correm cinco para ajudá-lo.

— Puxa vida! Lá estão estes caras brigando outra vez — grita alguém, apontando os aviões que se deslocam na escuridão.

RETROSPECTIVA

A CANECA PARTICULAR

Tem os olhos verdes, grandes e repuxados para cima: contraste sobre a pele morena, lisa, e a boca de lábios polpudos. Os brincos, de pérolas longas e ovaladas, são quase medievais: talvez herança de uma velha família romana. Os cabelos escuros, contra a gola em renda guipura, estão dispostos em coque pendente.

Anda-se na sala e o olhos nos perseguem. Um dia escondi-me atrás do velho biombo e olhei-a por entre as gelósias descascadas; o verde fulgente fitava-me e as comissuras erguiam-se mordazmente: Drácula, doutor Fausto?

Frazão perguntou-me se era alguma cortesã veneziana e perguntei-lhe por que o cortesã veneziana e aprendi que as cortesãs venezianas eram catalogadas pelo Estado, respeitosamente, peças importantes do orçamento de Veneza ao tempo em que a cidade era pujante, mas ele fez um muxoxo: tem verdade, as cortesãs venezianas tingiam os cabelos de vermelho.

Flávio Macedo Soares me pergunta baixinho se era antigo caso meu e respondo-lhe que não. Afinal, Drácula e o doutor Fausto desapareceram há muitos anos – não podia ser caso meu. O rosto irônico mostrou-me não ser acreditado, mas o que posso fazer? Dizer ao Flávio para não sacudir a cabeça? Inclusive não sei o nome dela, embora ela pretenda ser íntima, mirando-me despudoradamente.

Stern é quase um gigante, minha cabeça mal chega à altura de seu umbigo e sua cabeça desloca-se para baixo – grua pesada – quando fala comigo, e os bigodes enormes de sargento de Sua Majestade Britânica rebrilham ruivosamente, e os cabelos claros escorregam por sobre os olhos azuis.

Nascido em Linz, Áustria, veio garoto para o Brasil e partiu da copa do Copacabana Palace – através de milhares de pratos, a espuma rançosa de quilos de sabão malcheiroso, os berros e ordens, os pés latejantes – até o bar da piscina, já de jaqueta branca e os cabelos bem penteados, onde aprendeu tudo sobre vinhos e coquetéis e até marcas de champanha.

A marcante cultura enológica arranjou-lhe uma esposa e um novo emprego – assessor financeiro de um banco. Através da venda feliz de letras de câmbio, a leitura calma das instruções do Banco Central e a conversa lenta com os clientes, chegou a ser assistente da diretoria do banco, ao clube da Adecif, e ao desquite.

Já estava na quarta esposa quando o conheci, e suas mãos já estavam brancas: o rubro d'água fervente esvanecera-se e passava cera no bigode tufoso, as pontas erguendo-se atrevidas ao falar sobre a situação do mercado financeiro, do preço do ouro e do dólar.

Um dia, me convida para jantar em sua casa e entro num congelador. O pequeno apartamento era rigorosamente calafetado e os aparelhos de ar-condicionado o transformavam em sucursal da Sibéria. Pedi-lhe um sobretudo e riu-se, e a esposa – número quatro, acho – reclamou contra o calor do Rio.

Então, Stern preparou-me um Martini seco, verteu-o num cálice tão frio que as bordas recobriam-se de gelo e aguardou ansiosamente que o bebesse. Tomei aquele e mais dois e era bom o Martini feito por ele.

Deu-me uma caneca de cerveja e me pede que tome aquele pouquinho que estava na caneca. Tomei a cerveja e ele trincou a cabeça de um camponês que se projetava do fundo azul da cerâmica: esta é a sua caneca, viu?

Fiz cara espantada e me disse conservava no congelador as canecas de seus amigos. Cada amigo sabia qual era a sua caneca particular. E daí? E daí que deixo um pouco de cerveja no fundo das canecas. E daí? E daí que a cerveja fermenta, juntamente com a saliva de cada um, adquirindo aquele gosto particular de cada um. Quando se põe a cerveja fresca em cima, ela fica diferente, a nova mistura-se com a velha já fermentada,

Mostrou-me o congelador, e realmente havia lá sete canecas, todas iguais, mas cada uma diferençando-se das outras por uma certa marca. A minha ficaria junto às outras e ele, Stern, saberia sempre que tinha um outro amigo.

Após os ovos duros recheados com fatias de salmão, o linguado sequinho, o fofo bolo de carne, os figos com iogurte, os copos de Fundador aquecido e o café com Grand Marnier, senti-me mal: o frio intenso, os Martinis, o Petit Chablis, a cerveja, o Fundador, o Grand Marnier.

Mas Stern levou-me para casa, a minha casa, onde amanheci vestido e calçado, a língua tapando-me a boca malcheirosa e toda gretada, e o cheiro de meu suor nos lençóis e travesseiro revoltos.

Após o banho demorado, o lento barbear: a barba me doía na pele ressequida: as quatro xícaras de café, dois Minister, um litro de suco de laranja gelado, e vejo o embrulho apoiado contra a cômoda, na sala.

Tinha um bilhete, seguro por durex, no papel pardo: *Guarda para mim. A quinta não gosta de olhá-lo. Acho que ela pretende arrebentá-lo. Queira-me bem, Stern.*

Está certo. Embora não soubesse quem era a quinta, nem porque a quinta não gostava de olhá-lo, guardei-o, o embrulho fino de espessura, largo e comprido. Guardei-o atrás da cômoda, envolto no papel pardo.

Isto foi há cinco anos e o Banco Central ainda era a Sumoc. Outro dia abri o embrulho: lá estavam os olhos verdes, a renda guipura, o coque negro. Coloquei-os todos sobre a cômoda, apoiados na parte superior contra uma natureza morta. Agora, todos me perguntam quem é.

BOM NATAL, MATE LEÃO!

LA RÔTISSERIE ARDENNAISE,

 a mesa de carvalho era grande, a superfície polida, carunchosa e quase negra rebrilhava sob os candelabros de ferro batido, as várias pernas parecem dobrar-se: o peso dos presuntos nos espetos, os *chauf--plats*, a bandejas de queijo, as galantinas, os faisões nas garras de aço, a *pâtisserie*, os ovos, os molhos.

OS FLOCOS DE NEVE:

 descem suavemente! Aos quilos se acumulam nas ruas, nos beirais, nas portadas. Os flocos de neve elaboram prateadas ramagens, impossíveis arbustos, imprevistos luzeiros. Os flocos de neve aproximam-se da Avenue Louise e se depositam nos cabelos de Mate Leão, que pisa cautelosamente a calçada moncosa: "ó Fogo Fátuo asqueroso, inconsa criatura!"

PREPARAÇÃO LENTA E BEM CUIDADA

 Imponente o *sommelier* de matéria plástica, o pequeno instrumento de prova qual medalha no peito de pomba-rola, ele discute gravemente com Fogo Fátuo importantes matérias: esclarecedoras, definitivas e precisas: *Sherry Sandeman, Pouilly-Fuissé, Nuits Saint-Georges*. Puxa, uma batida de limão! Fogo Fátuo condena a apostasia de Mate Leão: arqueiam-se-lhe as sobrancelhas, as pupilas cintilam.

O CHOFER DE TÁXI:

– Perto da Grand'Place. Qualquer rua em torno da Grand'Place. Elas ficam nos cafés junto às vidraças, e algumas só vestem os casacos e ficam se coçando por trás dos vidros, não tem problema não. *Vous voyez, c'est drôle ça!* Elas costumam abrir os casaco: hein?

HOTEL SAINT-MICHEL, RUE CUJAS, PARIS

Engraçado: Madame Savage não fala. Madame Savage resmunga, ela rosna, ela reclama em várias línguas. Um dia Madame Savage deblaterava petulantemente com o tcheco do 32, o diretor de cinema, ele finge que não fala francês. Os dois esbravejam. Como podiam se entender? Mas Mate Leão consegue entender o seu nome: Madame Savage o chama pelo telefone: ele veste o suéter e desce para a sala de estar: UMA VISITA!

ENTRE PARIS E BRUXELAS,

L'Etoile du Nord desliza a 140km/h na planície recoberta pela neve e Fogo Fátuo compara a composição com os trens da Central. Ele bate nas folhas duplas da janela, nas placas de aço inoxidável, no veludo vermelho dos assentos. Ele fala, Fogo Fátuo fala sem cessar, e Mate Leão cabeceia de cansaço.

A PRIMEIRA PROSTITUTA:

— Sou de Mons e não me diga Bergen, *je t'en prie, chéri,* porque detesto os flamengos.
— Mas seu cabelo é ruivo, seus olhos são verdes...
— *Et alors?*
— Bem...
— *Nous y sommes, tiens! On monte, quoi?*
— *On monte,* pô!

NA AVENUE LOUISE

Mate Leão vira à direita e segue a Rue de l'Abbaye: *Chez Marguérite* aberto, a luz tinge a neve de amarelo, em gradações infindáveis percorre as capotas brancas dos automóveis. A neve escorre por seu rosto rubro de frio e lhe empapa o colarinho. Que faz frio, brrr!

OS REIS MAGOS

    Os cabelos de Fogo Fátuo repartem-se quase ao meio da cabeça e caem pesarosos, ralos e surpresos até as orelhas pequenas, muito coladas ao crânio, exangues transparentes. Onde estão as sobrancelhas? Acima dos pés de galinha? Abaixo dos vincos horizontais? Camisa engomada, que mergulha sob o colete em pontas cruzado pela corrente clara, que deve ser de platina, Fogo Fátuo apoia-se languidamente ao piano. Madame Savage toca piano!

JANTAMOS

    O primeiro garçon aproximou-se com o presunto e agora o primeiro ajudante concentra-se em cortar o presunto cru: as finas fatias rosadas estiram-se nos pratos de *Limoges*. O primeiro garçon retorna, suas mãos transportam os potes de faiança mais uma colher de madeira, a parte côncava qual peneira, de tantos furos: cornichon, cebolinhas, mostarda: castanha, verde e amarela.

A SEGUNDA PROSTITUTA:

    — Sou de Antuérpia e não me diga Anvers, *quoi!* Detesto os valões.
    — Mas seus cabelos são negros e seus olhos escuros...

— *Qu'est-ce que ça prouve?*
— Bem...
— *C'est là, mon choux, viens!*
— *Ça va,* pô!

FOGO FÁTUO CONVERSA BEM...

Mate Leão pergunta se poderá tomar banho e Fogo Fátuo lhe promete uma reluzente banheira em Bruxelas. Mate Leão tenta se lembrar da banheira, aquele instrumento de cerâmica – ou porcelana – onde se pode deitar, água morna por sobre a pele suja: Puxa Fogo Fátuo! Você é mesmo um cara formidável! Como é que o papai nunca falou de você? Mate Leão, quando começam as suas férias? Bem na semana de Natal.

MAS TODAVIA É UM TÍMIDO

— Cansado, hein? Aquele jantar. Aposto que você não comia assim há muito tempo, hein? Gostou?
— Gostei. Cansado coisa nenhuma. Bem que o papai podia ter-me mandado um dinheiro. Se tivesse dinheiro no bolso catava uma dona qualquer, estou o próprio cê-de-éfe, não falo com mulher há muito tempo.
— Não quer dormir agora?
— Quero uma dona.
— Você gosta de Paris?

– Sei lá! Estudo, estudo, estudo, sou o próprio cê-de-éfe. O que me chateia é não ter banheiro naquela pocilga da Savage.
– Não quer deitar agora?
– Quero uma dona. Uma dona seria o meu presente de Natal.

FELIZ FOGO FÁTUO!

Os pedaços de *marcassin*, recobertos pelo molho de castanha, os copos finos e pequenos vazios, um vácuo na cabeça de Mate Leão, mas o rosto fulgurante e sequioso de Fogo Fátuo se anima com a antecipação, as rugas se desvanecem, as dobras nos pulsos se esticam, seu perfume se evola acintosamente.

OÙ SONT LES FEMMES?

Mate Leão fecha mais o cachecol e levanta a gola do sobretudo. Em Bruxelas, você pega táxi nos pontos ou por telefone, jamais no meio da rua. A neve é menos densa e Mate Leão vislumbra o sinal luminoso: táxi: no teto do carro escuro. Mate Leão movimenta os braços e se precipita para a rua. O táxi para.

CONVERSA FINAL

– Mas você gastou tudo?
– Mas claro. Não era para gastar?

– Mas era de brincadeira, você compreendeu?
– **O quê? O dinheiro que você me deu?**
– Não, quero dizer, você procurar mulheres.
– Como assim?
– E eu? E o meu presente de Natal? Perdi o meu presente de Natal!

É FESTA NO *CHEZ MARGUÉRITE*,

os clientes cantam. No único bar, aberto àquela hora, os clientes cantam. Mate Leão retira o sobretudo, abre o cachecol e bate as mãos para aquecê-las. Junto ao *juke-box* puseram a árvore de Natal: as bolas obedecem a três circuitos elétricos e piscam em coloridos que se alternam. A dona do bar se aproxima e Mate Leão consegue murmurar:
– A que horas fecha?
– *Ce soir on ferme pas, Monsieur!*
Mate Leão suspira e pede uma *Watney's* e chama a mulher de volta e pede uma *Diekirche*. Os clientes cantam no bar aquecido, hein? Bom Natal, Mate Leão!

KADDISH, OS BONS BURGUESES & BREENDONK

KADDISH

Maurício Rabinowics tem 22 anos mas conseguiu transformar Kaddish em uma peça. Um teatro diferente onde o palco é substituído por gigantesca animação de arame que se projeta sobre a sala, acima de mais da metade das poltronas, sustentada por esses tubos de ferro da construção civil, estrutura ousada e forte, por onde marcham os sete atores.

Kaddish – lamentação judaica da morte – é um poema de Allen Ginsberg escrito após a morte de sua mãe: por extrapolação, a sociedade americana: em que ele achincalha a humanidade, através do ataque ao princípio e à técnica do poder, consoante os parâmetros da *beat generation*, da qual é agora o porta-voz, pois ocupa o lugar de Kerouac, morto pela cirrose:

> *"Penso que a maconha seja um instrumento político. É um estimulante para todas as consciências ligeiramente amplificadas..."*

> "A Civilização deve se transformar, bem como a consciência, eu suponho. Todas as realidades devem se transformar e, eles, os dinossauros, se recusam a evo-

luir"... *"A única coisa a ser feita é fornecer mescalina ao Kremlin e à Casa Branca, encerrar num estúdio de televisão os seus chefes nus em pelo, e obrigá-los a conversar em público, durante um mês, até que eles compreendam a significação de seus atos. Assim, a televisão poderia ser adaptada à utilização humana."*

OS BONS BURGUESES

Na sala cheia, os espectadores estão silenciosos. De repente, uma fila de estudantes se levanta, eles não aguentam mais, têm de rir lá fora, as frases de Ginsberg se revestem de um significado extremamente cômico para eles, bons burgueses e cidadãos de um país ocupado através dos séculos pelos espanhóis, austríacos, franceses, holandeses e alemães.

Realmente, os belgas são burgueses, isto é, *"cidadãos livres com privilégios especiais"*, segundo a clássica definição medieval, e que não estavam sujeitos à hierarquia e aos complexos laços entre a suserania e a vassalagem do feudalismo europeu, e livres e com privilégios especiais continuam até hoje, através da luta diária – séculos a fio – pela prerrogativa de serem burgueses.

Essa prerrogativa abrange o maior consumo *per capita* de cerveja do mundo, a Grand'Place, a montagem de Kaddish, a pintura de Rubens, Van der Weyden, Van der Goes, Brueghel e James Ensor, bailarinos Ntore, a batalha das Esporas de Ouro, a luta contra Luís XIV, Felipe II, Napoleão, os alemães, a campanha das Ardenas e BREENDONK.

MEINE EHRE HEIST TREUE!

Você pode comprar o Guia Michelin para o Benelux, vários livros sobre a Bélgica, ou conversar com os brasileiros que moram na Bélgica, e talvez mesmo com vários belgas, mas a frase *meine Ehre heist Treue* ou não constará daquelas ferramentas turísticas ou não terá nenhum significado especial para aquelas pessoas.

A frase – traduzida literalmente – significa: *minha honra chama-se fidelidade*. Para você que também não sabe: é alemão e estava inscrita nas fivelas dos cinturões dos SS. Você deve se lembrar de que as tropas SS eram aquelas comandadas por um senhor chamado Himmler, e de que foram criadas para assegurar a pureza da raça alemã, através do controle genético exercido por seus 240.000 membros.

Politicamente, os SS emergiram após quebrarem o poder das tropas SA, a guarda militar do Partido Nacional Socialista, ou Nazista, reduto de todos os participantes dos movimentos revolucionários que ocorreram na Alemanha durante a década dos 20. Através do assassinato de Rhoem, chefe dos SA, os SS se tornam a tropa de confiança de Hitler e suas funções podem ser sintetizadas como as de um Exército Nazista.

Para você ter uma ideia das tais funções: o candidato a oficial SS deveria provar ser alemão puro, isto é, mostrar sua árvore genealógica até o ano 1750, ter mais de 1,80 metros, arrancar os olhos de um gato vivo com seus dedos sem pestanejar, ficar três noites sucessivas sem dormir...

Evidentemente, nenhum antropólogo saberia definir o que seja um alemão puro, o que não fez a menor diferença para Hitler e seus degenerados comparsas. Mas, dentre as funções dos SS estava a guarda dos campos de concentração, dentro da própria Alemanha, ou nos países assaltados pela desfaçatez nazista.

HALT! WER WEITER GEHT
WIRD ERSCHOSSEN!

A delicada frase insere-se no portal do Forte de Breendonk: PARE! QUEM ULTRAPASSAR SERÁ FUZILADO! O Forte dista uns 25 quilômetros de Bruxelas. É fácil você chegar lá, pois está em Breendonk, uma cidade flamenga, onde quase ninguém fala inglês ou mesmo francês. O flamengo é uma língua difícil: misto de inglês arcaico e alemão rebarbativo: é parecido com o holandês e se chama, oficialmente, neerlandês. É o que se fala ao norte da Bélgica. Em neerlandês, diz-se *Brrrindonqui*.

O Forte fazia parte das fortificações da cidade de Anvers: Antuérpia: um dos maiores portos do mundo, descomunal centro industrial, a São Paulo da Bélgica, onde o Jardim Zoológico fica junto à principal estação da estrada de ferro, precisamente na esquina de Presidente Vargas com Rio Branco.

Na rodovia entre Bruxelas e Anvers – a mais importante autoestrada belga – passa-se por dezenas de refinarias e fábricas de montagem de automóveis e indústrias alimentícias e cervejarias. Ou seja, Breendonk situa-se em Resende ou Itatiaia, mais ou menos.

O Forte fica no extremo sul do sistema defensivo de Anvers, no local dito Schalkland. Esse sistema defensivo foi feito no século passado pelo General Brialmont, do Exército belga. É um dos dezessete fortes e doze redutos construídos entre 1906 e 1914, e que, juntos, compõem os 94 quilômetros de fortificações da importante cidade.

Em 1914, Breendonk ainda não fora terminado e os alemães, após penetrarem na Bélgica, o reforçaram, para finalmente o destruírem em 1915, quando o General Foch e Lord Kitchener of Khartoum resolveram fazer a primeira grande investida aliada e transformaram a guerra numa luta de térmitas.

Em 1938, é um quartel de infantaria. Por entre os destroços das casamatas, os belgas construíram dois enormes edifícios, de um só pavimento, dispostos em V, e cortados através do vértice do V por um longo corredor.

Triste construção militar, está implantado numa ilha – que um largo fosso arquitetou – e que hoje é uma península, pois a velha ponte levadiça está fixa. Suas paredes são espessas, sujas, bafiosas. Seus passadiços, ladrilhos pisoteados e barulhentos. Em 1940, o Rei Leopoldo III o transforma em Quartel-General do Exército Belga e, em 20 de setembro de 1940, Grohe, o *Gauleiter* da Bélgica, o transforma em campo de concentração.

ALBERT-JEAN AIDEZ MARIA MERCI

As paredes das celas são rabiscadas por fragmentos de reboco: verdadeiros testamentos, berros angustiantes, constituem a derradeira tentativa de comunicação dos presos com a humanidade.

Das quatorze antigas casamatas, duas foram transformadas em celas: são dezesseis cubículos, oito de cada lado, uma passagem central. Cada cubículo mede 1,20 metros de largura, 2 de comprimento, 2 de altura. Suas paredes são de tijolos à vista e por cima delas há barras de ferro que se cruzam e suportam rolos de arame farpado. Tábuas constituem as camas e não havia o que os ingleses chamam de *facilities*.

Algumas celas tinham portas inteiriças, outras tinham as portas divididas em duas partes: a inferior de madeira e a superior de barras de ferro entrecruzadas. Ao fim da passagem central, há um aquecedor primitivo de ferro fundido, que funciona a carvão, ou seja, as duas últimas celas, uma a cada lado da passagem, poderiam receber uma nesga de calor.

O compartimento é escuro, úmido. Sem nenhum esforço de imaginação pode-se experimentar o terror dos presos, principalmente nos cubículos onde grilhões estão chumbados à parede dos fundos.

Após as celas, caminhando-se pelo estreito corredor do Forte, estão os quartos ditos normais. Maravilhosa funcionalidade, obra-prima da mente humana, os quartos tinham duas fileiras de camas, uma a cada lado, cada fileira com oito camas duplas, cada cama com três níveis superpostos, ou seja, há quarenta e oito leitos em cada quarto normal.

Entra-se no quarto, o cheiro sobe às narinas: agressivo, pungente, meio doce, é a sujeira acumulada, é o medo ressumante que explodem incontroláveis. Quando os olhos se habituam à escuridão, a mente busca ansiosa a porta de saída: sobre cada leito, o volume de um corpo sob o cobertor: o silêncio massacra os ouvidos e as narinas fremem com o fedor.

MAS SEJAMOS CORAJOSOS

e vamos caminhar até o fim do quarto, não precisamos ainda vomitar: há duas mesas ao fim do quarto, cada mesa com quatro banquinhos, e sobre as mesas, seis urinóis sem alças, os pratos. Entre as duas mesas, dois longos cilindros de metal sobre o chão: as latrinas.

Atenção! *Aufstehen!* O grito se mescla ao barulho da tranca de ferro que se desprende da porta. Willy Giersch, o *Zugführer* deste quarto, também já berra: *Austreten!* são 04.00 h, verão de 1940:

04.05 – oh germânica precisão! Os presos se vestem e se arrumam.

04.10 – a equipe de serviço transporta cautelosamente os transbordantes cilindros de metal.

Os prisioneiros marcham para o W. C. coletivo no pátio, onde têm direito de permanecer três minutos, sem utilizar papel higiênico.

04.20 – *Bettenbau* – construção dos leitos – o *Zugführer* acompanha atentamente a construção em retângulo preciso da palha quebradiça, recoberta em seguida por um cobertor meticulosamente dobrado. Qualquer erro é recompensado por uma surra, e os cobertores de todos os leitos devem estar à mesma altura!

04.30 – chamada no corredor e limpeza do quarto.

04.50 – o *Zugführer* ordena o *Essenhole* – a procura do alimento.

05.00 – chamada nos quartos.

05.05 – almoço mesmo e não café da manhã: 125 gramas de pão, rigorosamente pesadas, duas xícaras de suco de bolotas torradas, essas bolotas que as plantas produzem, verdinhas, e que soltam as sementes. Lavagem dos pratos. Você sabe? O almoço foi transportado naqueles cilindros, hein?

05.25 – saída do quarto: *Essengeschirr heraus!* Os SS perscrutam os quartos, que devem estar limpos e com os cobertores ao mesmo nível, milimetricamente falando.

05.30 – hora do esporte. Os alemães são desportistas fanáticos. Os presos praticam salutar ginástica.

05.55 – *Achtung!* O Tenente SS Prauss, sub-comandante do campo, passa em revista os prisioneiros, que se perfilam em rigorosa posição de sentido, acompanhado pelos SS Debot, Wyss e Peleemans: *Stilgestand!* Sentido! *Augenrechts!* olhar à direita! Os SS batem os calcanhares e levantam o braço direito: entra majestosamente *Herr Sturmbannführer* SS Philip-Johann--Adolf Schmitt, o Comandante de Breendonk: *Augen gerade aus!* as cabeças voltam à posição normal. O Major Schmitt olha os prisioneiros e seu chicote estala contra a bota reluzente.

06.00 – *Arbeitskolonne antreten marsch, marsch!* em garboso passo de ganso, os prisioneiros se dirigem para o depósito das ferramentas, recebem as ferramentas e as instruções para o trabalho daquele dia, e marcham para o ar livre.

Até 1940, o Forte era recoberto por terra, da qual emergiam somente algumas casamatas e a ponte levadiça. Já em 1944, entre..... 250.000 e 300.000 toneladas de terra foram retiradas, e o Forte se apresenta com seu aspecto atual, os edifícios à mostra, o terreno plano, sem a vegetação de camuflagem e os blocos de concreto remanescentes da Primeira Grande Guerra. Mas em compensação, as ferramentas eram adequadas: pás de madeira, picaretas sem ponta, vagonetes sem rodas, e o trabalho era seguro: soterramentos frequentes, decepações, contínuos abcessos – provocados pelos anéis de cobre dos tirantes que puxam os vagonetes.

Os olhos atentos do *Untersturmführer* Arthur Prauss acompanham os menores movimentos, enquanto sua mão direita segura o laço de seu pastor-alemão. Soldados, as baionetas embaladas, permanecem nos pontos mais altos do terreno. As ordens são berradas em alemão, acentuadas por apitos, corrigidas por chicotes. Tudo é feito em passo acelerado, quem cansar é castigado: horas a fio em posição de sentido: acocorar-se, a picareta mantida nos braços estendidos em ângulo reto: esticar-se na lama e, em seguida ser chicoteado por estar sujo: trabalhar com um saco de 10 quilos às costas.

Mas há domingo, há sempre o domingo! domingo é dia frutuoso para Prauss: ele reúne os prisioneiros nos pátios, discursa longamente sobre o III Reich, e comanda os "exercícios": a marcha em passo de ganso, e as diversas evoluções da infantaria alemã.

14.00 – cessa o trabalho, alinham-se as ferramentas, as equipes entram em forma.

14.10 – limpeza das ferramentas e das roupas.

14.20 – nova entrada em forma.

14.30 – chamada.

14.45 – os apitos estrilam, *Achtung!* O Tenente Prauss acompanha o Major Schmitt na revista aos prisioneiros.

14.55 – os prisioneiros marcham, é o garboso desfile dos esfarrapados, esfaimados, espancados; volta aos quartos.

15.00 – lavagem das mãos, inspeção da lavagem das mãos. Os alemães são muito higiênicos, eles fazem questão de que os prisioneiros sejam também higiênicos.

15.05 – chamada nos quartos. Se você não gosta desta minuciosa descrição, enfadonha, cinzenta e chata, você deve ler *A feira das estruturas* de Sérgio Tapajós ou tomar um chope ou se lembrar de que os prisioneiros não liam esse programa, eles *sentiam* esse programa.

15.10 – finalmente, o jantar: um litro de sopa clara. O prisioneiro chefe do quarto, Willy Giersch, distribui a seus preferidos o "grosso" da sopa, a crosta requeimada que adere ao fundo daquele cilindro.

15.30 – volta ao trabalho. O trabalho dignifica o homem, ou como enunciou judiciosamente o *Untersturmführer* Prauss: *"Aqui tomamos conta de vocês. No exterior vocês seriam incapazes de ganhar a vida. Graças a nossos cuidados, vocês terão uma profissão honrosa quando a guerra terminar"!*

18.00 – chamada noturna.

18.30 – *Essenholer, heraus!*

18.45 – ceia: 100 gramas de pão, duas xícaras de suco de bolotas torradas.

19.30 – marcha ao W. C. coletivo.

19.55 – chamada nos quartos.

20.00 – dormir! os alemães são sadios porque praticam esporte e dormem cedo. Amanhã é dia de trabalho, os prisioneiros têm de dormir: sem roupas, que devem ser colocadas ao pé da cama, e sem travesseiro, os narizes enfiados na palha. Hoje, talvez ninguém seja torturado, nenhum berro desumano sairá do *Bunker* de tortura, mas certamente as botas ferradas se chocarão contra os ladrilhos dos corredores, de hora em hora, inexoravelmente, conforme a guarda passe as rondas.

A CÂMARA DE TORTURAS

Defronte a um dos quartos normais: o necrotério. Em verdade, não consigo ultrapassar a barreira do cheiro de podridão, embora veja da porta pedaços de caixões e a cal no chão.

Vamos continuar. Aqui à esquerda, ao fim deste corredor, está a Câmara de Torturas, veja só! sabiamente disposta num compartimento sem janelas, para onde se entra por um corredor estreito e sinuoso: é o antigo *Bunker* de munição do Forte.

Ela é sóbria, a Câmara de Torturas: as manchas de sangue foram limpas há muito tempo, desde 31 de agosto de 1944, data em que as tropas aliadas alcançaram o Forte. Ela contém um púlpito, onde os SS depositavam os seus cadernos de anotações, como organizados alemães, um banco, a mesa, e mais algo parecido com o nosso banquinho de escravo, sobre o qual mergulha um gancho de açougueiro, preso a uma roldana. Defronte à mesa um caixote, dentro do caixote – *Os Instrumentos*.

Vamos comparar nossos gostos: eu gosto mais dessa espécie de rosário, feito por um cordão de couro cru, entremeado a intervalos regulares por umas bolinhas de chumbo – aquela eterna precisão alemã – e que termina por uma argola de latão em cada extremidade. Um pedaço de pau, ou de ferro, passava pelas argolas, o rosário era disposto em torno da testa do prisioneiro, e bastava, então, girar o pedaço de pau. Simples, mas infalível, a eficiente Mercedes-Benz dos Instrumentos. Mas havia outros mais elementares, tais como o chicote de nervo de boi, essa prensa para esmagar dedos, acolchoada e branca, e os longos estiletes de aço, os práticos, insubstituíveis Volkswagen.

DER JODEN

Mas claro, *Der Joden!* Bem, como os judeus não pertencessem à espécie humana, os fadigosos SS resolveram colocá-los fora das paredes de concreto, ou seja, construíram uns barracões de madeira entre os edifícios do Forte, nos pátios, sem aquecimento, lógico, afinal a Bélgica é um país tropical, abençoado por Deus, onde a temperatura mais baixa no inverno não passa, em média, de *menos* 10 graus centígrados. E depois, quem mandou que eles fossem judeus?

Além dessa preclara providência, isolar os judeus para que eles não se imiscuíssem com os arianos, os famosos antropólogos SS determinavam outras, igualmente sábias: o emprego da tradicional barra amarela, o castigo em múltiplos de dez: se um ariano levava um coice, um judeu levaria dez. Se um alemão fosse morto pela Resistência, dez judeus seriam mortos pelos SS.

Mas os judeus são parentes das mulas: teimosos, insubordinados, eles respeitam o jejum ritual! Mesmo nos momentos piores da fome!

Por isso eles devem trabalhar com uma mochila do Exército Belga às costas, cheia, evidentemente, de tijolos. Mas não se preocupe, a mochila é leve, só pesa 40 quilos, não comporta mais do que isso!

O CASO ESPECIAL DE BREENDONK

Único campo de concentração no setor ocidental da Europa, situado num local privilegiado em função dos meios de comunicação, Breendonk não possuía câmaras de gás, embora tivesse um despretencioso pátio para fuzilamentos e enforcamentos. Sua função precípua era encaminhar prisioneiros para os outros campos de concentração ou vender escravos para os próprios alemães.

Atualmente, há um relicário no Forte: uma sala comprida, onde estão enfileiradas urnas com as cinzas de vários outros campos de concentração: BANJICA, RAVENSBRUCK, MANTHAUSEN, "N. N." de NATZWEILER FLOSSENBURG, THERESIENSTADT, TREBLINKA, DACHAU, GROSS ROSEN, NEUENGAMME, AUSCHWITZ, BUCHENWALD.

Ao fundo da sala, um altar com a cruz e os paramentos do Monsenhor Otto Gramann, um austríaco, capelão da Wehrmacht para o território do Norte da França e Bélgica, único padre admitido no interior do Forte, última pessoa a ver os condenados à morte, de quem recebia santinhos como lembranças. Esses santos estão expostos numa urna central, juntamente com o cálice do Monsenhor. Eram, geralmente, santos da Primeira Comunhão, e você pode ler as seguintes dedicatórias:

20-10-43 – *a mon ami Jacques Simon (cellulle 94) en souvenir de ma dernière communion. Jean Ingels.*

offert a (sic) M. Laumonier (sic) en souvenir de un bon Belge fusilier (sic) le 26-1-44. Também de Jean Ingels.

14-8-43 – *meilleure (sic) remerciement a (sic) l'aumônier qui nous a assisté pour notre dernière nuit.*

Defronte ao altar católico, há uma redoma com cinzas humanas de Auschwitz, e requeimado, encolhido, mas legível, um fragmento da *Torá* sobre as cinzas.

Na outra extremidade da sala, um mostruário de vidro arquiva as condecorações e faixas recebidas pelo Forte, bem como um livro de visitantes aberto na página em que se lê, as letras claras, firmes e grandes: Elizabeth. É a Rainha da Inglaterra.

POR QUE BREENDONK?

À entrada do Forte, logo após a ponte, há uma placa afixada ao muro de concreto. Seus dizeres estão escritos em francês e flamengo:

> DE 20.IX.1940 ATÉ 31.VIII.1944, MILHARES DE HOMENS FORAM PRISIONEIROS DA GESTAPO NO CAMPO SS BREENDONK. EM 19.VIII.1947, PELA VONTADE UNÂNIME DO PARLAMENTO, FOI CRIADO O MEMORIAL NACIONAL DO FORTE DE BREENDONK COM A FINALIDADE DE PRESERVAR A CONSERVAÇÃO PERPÉTUA DO FORTE E CULTIVAR A LEMBRANÇA DOS ACONTECIMENTOS QUE AQUI SE PASSARAM PARA QUE ESSA LEMBRANÇA ESTIMULE O ESPÍRITO CÍVICO DA NAÇÃO E FAVOREÇA A EDUCAÇÃO PATRIÓTICA DE SUA JUVENTUDE.

Memorial à capacidade de resistência do ser humano, Memorial à luta pela liberdade, o Forte de Breendonk nos lembra fatos penosos, brutais e recentes, cujo desiderato era a submissão da espécie humana aos mais desprezíveis desejos de uma minoria paranoica.

Turistas que buscam pratos raros, hippies profissionais da Grand'Place, membros da Ku-Klux-Klan, complacentes espectadores da *Infirmière foueutteuse*, no teatro dos Quat'Sous, venham ver Breendonk, monumento à bestialidade humana.

UM QUINDIM PARA MEU CHOFER

... **E**ntão nos chamaram ao meio-dia e fomos até a sala grande, ao final do corredor:

as mesas estavam dispostas contra as paredes e unidas e recobertas por toalhas brancas e bem engomadas e pareciam longas mesas de banquete

e tinha sanduíches de presunto e de queijo e barquetes e croquetes de camarão com maioneses e camarões fritos e baba de moça e quindins e bolo de chocolate e guardanapos de papel e Coca-Cola e Pepsi-Cola e guaraná da Brahma

e comemos e contamos piadas e conversamos e bebemos e depois tomamos o uísque trancado na gaveta o Senhor Diretor-Geral do Instituto Aleatório de Amenidades Municipais

e discutimos várias marcas de uísque – Haig's ou Ballantine ou Cutty Sark ou President ou Justerini & Brooks ou Grand Old Daddy.

então reclamaram – é *bourbon* – mas realmente ninguém presta bastante atenção, e conversamos longamente sobre a democracia e o papel do Senhor Diretor-Geral na resolução democrática dos problemas humanos criados nas grandes cidades: as favelas imundas, o mercado de trabalho, a poluição atmosférica, o trânsito difícil, a criminalidade crescente,

mas vendo as horas, peço licença, e todos então reparam nas horas também e resolvemos sair e consigo me lembrar de envolver num guardanapo de papel um quindim para meu chofer, mas quando cheguei à calçada já estava escuro e chovia bastante, e o quindim encharcou-se com a chuva,

mas antes mesmo de mandá-lo seguir para casa, desejei-lhe um Bom Natal.

LE PONT SAINT-MICHEL

Em cima da ponte Saint-Michel
Acendo meu cigarro de papel.

La Lys se move docemente, o rio corta a cidade em duas partes:

À direita: Abadia de Saint-Bavon: batismo de Carlos V em 1500; o políptico *Adoration de l'agneau*, de Hubert e Jan Van Eyck, que me fez entender o que é arte, mas isso é outro papo, por favor.
À esquerda: castelo dos Condes de Flandres: admirável exemplo de não funcionalidade: corredores que se terminam – ó surpresa – em maciços muros gotejantes, cemitério subterrâneo, fossas fétidas, umbrosos compartimentos, mãos decepadas, pescoços empalados. *Tradição.*

Em cima da ponte Saint-Michel
Coloco a peça de cinco francos na luneta que se move para os lados, para cima e para baixo.

Esta é a cidade: Gent ou Gand: *je mettrai Paris dans mon gant*, diz Carlos V, que aliás teve de sufocar uma revolta contra seu poder, os *gantois* são independentes e já lutaram também contra o Conde de Flandres, o Duque de Bourgogne e o Duque de Alba. Terríveis comerciantes de tecidos, eram não menos temíveis guerreiros.

Em cima da ponte Saint-Michel
Movimento a luneta azinhavrada:

O Quai aux Herbes, o Quai de la Grue, as Maisons des Bateliers Francs, as Maison des Bateliers non-Francs, as Maisons du Nègre Blanc (?!), du Nègre Noir, o Marché aux Tripes. Casas de 1600, 1700. O cheiro do rio poluído é forte, mas a visão da cidade altaneira, independente, vale qualquer odor mefítico. *Tradição*.

A luneta sobre a fachada de uma casa de 1572: *Le Linx*: maravilhoso, surpreendente, ecumênico, tão policrômico:

DRINK COCA-COLA

Em cima da ponte Saint-Michel
Atiro meu cigarro de papel.

EU DIGO: UN OTRO!

Meus sapatos escorregam pela neve endurecida e que se transformara em gelo – aquele gelo que se forma nos congeladores no que a água se derrama das cumbucas – e o sobretudo me bate nas pernas. Subo os degraus da escadinha, primeira vez que penetro num avião pela traseira, e me sento na primeira poltrona vazia, junto à copa, claro, e aperto o cinto de segurança. Os passageiros continuam a trotar pelo corredor, mas ninguém se senta a meu lado, que sorte, aqui no lado esquerdo o DC-9 tem duas poltronas e do outro lado tem três.

A glorificada garçonete passa pelo corredor, ela examina atentamente as barrigas dos passageiros mas parece que nós todos apertamos os cintos e não fumamos, somos todos bem comportados e aguardamos que a professora comece a lição. E movimento o dedo indicador para cima e para baixo na direção da glorificada garçonete que tem os cabelos claros, olhos azuis etc., e lhe digo para me trazer uísque e não parar de me encher o copo até o bicho pousar em Barajas. Ela me olha suspeitosa e lhe digo ser um covarde, tenho medo de avião, bolas, penso contar-lhe a frase de H. Miller sobre aviões mas desisto, ela pode pensar que sou louco, o comissário me põe um copo na mão direita espalmada que se fecha convulsivamente sobre o vidro gelado; incrível, parece não pertencer ao meu corpo, a mão, claro, que se fecha convulsivamente sobre o vidro gelado, grrr!

Agora, o DC-9 sobe quase a prumo, num instante passamos por cima das nuvens, atravessamos aquela abertura que eu notara entre as nuvens, o sol se espalha por sobre as camadas pretas, aquilo é um cúmulo-nimbo? Bigorna gigantesca, etc., me esforço para mirar a nuca da pessoa à minha frente, o bicho descai para a esquerda e vejo lá em baixo o Aeroporto Nacional de Bruxelas, mas não consigo nem verificar o sexo da pessoa que está à minha frente. No Congresso de Ravena ou Ratisbona, ou mesmo Winesburg, Ohio, os conclavistas ou delegados ou violoncelistas ou representantes papais ou papalinos, fica melhor, é mais ecumênico,

        agora vamos para a direita,

discutiam o sexo dos anjos, essa é velha, o n$^{\underline{o}}$ de anjos que se podiam alojar na cabeça de alfinete, é velha tb., mas e daí?
    Ah! Mostro o copo vazio ao comissário, ele me pisca o olho e galopa até à copa. Madrecita, gracias! É 1 avião da Iberia, ou Ibéria, tem um prospecto multicor naquela bolsa que fica na parte traseira do banco da frente,

        homem ou mulher?

    O prospecto me ensina como voa o DC-9, e demonstra o funcionamento do radar, p. ex.: a seta escura mostra a rota prevista para o avião, a seta é reta e se choca contra a nuvem cinza,

      estico a cabeça para a janelinha: aparentemente,
      não há nenhuma nuvem cinza à nossa frente,

    a seta clara pontilhada mostra uma rota curva, perfeito aro de barril, e essa rota contorna a nuvem cinza, pero hay todavia el problema de las altitudes, longitudes, paralelos de 45°, 29°, e começo a trucidar o outro uísque – e dizer que sei o gosto de JB, Old Rarity, Pall Mall, Sobranie, Marlboro, Pouilly-Fuissé, El Angel Exterminador, Midnight Cowboy –

mas isto é puro álcool, antigamente se pisavam as uvas em tonéis imensos, as calças arregaçadas, os lugares, não, os lagares eram...

as pernas da glorificada loura são nervosas, e, acho, digo: *un otro!* Desejo ardentemente que a voz me tenha saído forte, máscula, cavalaria é arma de macho! e recuso a bandeja fumegante com decidido mover de cabeça, brrr! Comida! Consigo ouvir os caras discutirem se já estamos sobre os Pirineus:

> *Ce dit Roland: "Forte est notre bataille;*
> *Je cornerai; si l'orra le roi Charles."*

Minha memória marcha! H. Miller agora:

Man is made to walk the earth and sail the seas; bem... ah! *The conquest of the air is reserved for a later stage of his evolution, when he will have sprouted real wings and assumed the form of the angel which he is in essence. Mechanical devices have nothing to do with man's real nature – they are traps which Death has baited for him.*

La chanson de Roland e *The colossus of Maroussi*! Como sou culto! Mostro o copo vazio à loura, ela me sorri, as espanholas gostam de matadores, corredores, bebedores, cavalaria é arma de macho! a minha memória marcha:

'stamos em pleno espaço!

mostro à loura que sou de cavalaria, engulo tudo, me engasgo, tusso, a vista se me embaralha, mas ela segura o copo já vazio. Audaciosamente, retiro o cinto de segurança, os dedos se enroscam na fivela, consigo puxar um dedo do buraco da fivela, puxo mais outro, retiro a mão do bolso do paletó e desdobro a muleta: olê, Toro, torito, toro!

Agora, tento me lembrar se gritei mesmo ou pensei que gritei, quando passava na neve os meus pés deslizaram no gelo que sobrava da Frigidaire mas consigo beber neve no copo de prata que Nkrumah me dá, lá embaixo é Barajas, Madrid, e só me restam 11 horas para chegar ao Rio de Janeiro, cavalgando um balouçainte Boeing 707, *balouçainte* mesmo.

*SANDRA,
SANDRINHA*

SANDRA

A CALÇA apertada faz minhas pernas mais bonitas. Ando assim, roçando as pernas, o veludo rascante me excita, ao marcar o passo. As nádegas se esfregam ritmadamente, abaixo do cinturão, e imagino sentir o cheiro que se evola...

Marinho gostava de enfiar a cabeça entre minhas pernas, eu sentindo a respiração depositar-se em minhas coxas aflitas. Ele dizia, arquejante, necessitar daquele odor. Que dava-se imóvel, as faces rubras esvanecendo-se.

Acho que pensava estar me depravando ou, talvez, pensava que eu fosse virgem: *Sandrinha, a virgem dos lábios de fel*. De qualquer maneira, não me interessa. Marinho não me interessa. Ou não me interessa mais. Passei de ano e que me importa o cheiro que tenha?

Por exemplo, o Luís. O Luís nunca se preocupou com meu cheiro: *fragrância de rosas silvestres, Sandrinha...* diria o Marinho, a cara asnática animando-se. Bobão! Rosas silvestres, imagine você! Só mesmo do Marinho. Em compensação, o Luís nunca se preocupa. Nunca.

Luís só queria se enfiar e pronto, eu sempre de costas para ele, contorcida naquele banco da frente: ó Volkswagen enferrujado. E depois? Me limpar com aquele trapo imundo, aquela flanela suja de graxa! Luís nunca tinha lenço e a calcinha se grudava em minhas pernas: tanto esperma ressequido.

O cheiro, meu Deus! O cheiro que ficava. Brrr... Mas eu gosto do Luís. Não gosto mesmo é do Marinho. O Marinho tem medo... que eu engravide, que eu diga a alguém da escola.

Agora, como se eu tivesse a coragem de falar com alguém sobre a mania que tem de ficar me cheirando. Pois é... depois, é tão complicado! Tenho de sair da escola, ir até a Sears, subir até o pátio de estacionamento, suportar a cara do guardador de automóveis, um negro sujo e remelento.

Entro no Galaxie novinho, com cheiro de banana. Depois, irmos até o Corcovado ou o Mirante Dona Marta em disparada, ele tem de almoçar em casa, a mulher espera que ele almoce em casa, e o cordeirinho tem de ir. Estáticos, eu de perna aberta, ele ajoelhado, não sei bem como, me cheirando.

E no dia dos guardas? Marinho ficou pálido, a cara emagreceu num repente, as olheiras apareceram assim, nunca vi cara assim. E suava... o suor cheirando a medo: de dois crioulos da PM. E que, afinal, não custaram quase nada. Cagão!

Será que o Marinho gargareja com Odorans? Mas não me interessa, passei de ano. Ele me deu as questões, o lencinho de seda italiana em meus pelos, cuidadosamente aberto. Hum!

Agora, não saio mais com Marinho, sabe? Veio me procurar – os olhos avermelhados – *adoro você, quero ver você, preciso de você. Você é tão linda, ai!* Aquele papo furado! Por isso é que detesto os adultos. São complicados e têm sempre de estar fazendo alguma coisa.

Sandrinha, onde é que você vai? Você vai fazer o quê? Amar: penso, mas não digo. Para quê? Os adultos são tão complicados, sempre imaginando coisas, sôfregos para nos tacarem um rótulo. Qualquer um. Essa é direita, essa dá, essa é boa, essa é bagulho.

Não aceito rótulos! Eu, Sandra, não quero fazer nada, não quero coisa alguma, não quero ser coisa nenhuma, sabe? Quero é esfregar minhas coxas andando, ver as caras que os homens fazem no que eu passo. Sabe? Todos eles pensam que são lindos, altos, fortes, inteligentes, ricos, e que estamos loucas para deitar com eles, os merdalhões.

Um dia, farei a classificação oficial das cantadas recebidas: a não cantada, mulher e homem podem ser amigos, mas há amigos mais amigos que outros amigos, não é? E o que é que tem, Sandrinha? A romântico-sentimental: a do Marinho. A do grito ou portuguesa: vamos, Sandrinha?

Quero é dançar, os cabelos se emaranhando em minha cara e bulufas de agarramento. Para quê? O sol, na praia. O sal, na pele. Me fazendo arder os dois: os homens em minha volta: sorvete, Coca-Cola: cachorro-quente:

aquela dona é quadrada, não é de nada, não saio mais com aquela dona. Espuma rorejando a areia quente, refresco de limão, *você vai sair com quem essa noite?* Mergulhar na onda suave, mão que esbarra nos meus seios, outra vez e mais outra,

a risada: está bem, vamos, hoje à noite passa creme em minhas costas, seu burro! Arpoador e Castelinho, mas a onda agora é na Montenegro. Isso é que é bom, sua bandida, Primovlar ou Lindiol, na frente ou atrás? Nestosyl anestesia e se demora mais, sabia? Lá na casa de Petrópolis, não é?

Europa: Domenico, Benito, Günter, Peter e Manoel. Ah! Viver em Madri, as roupas coloridas: prata, ouro, vermelho. A música, *La macarena*, o sangue... beber vinho nas corridas, esguichar *la bota* dentro da boca, os cabelos pretos sobre as rugas esbranquiçadas nas caras pungentes dos espadas.

E o touro negro, de morrilho quebrado pelas bandarilhas, chifre escuro na cabeça rosada e branca, escuma na boca ansiosa, os rasgados panos refulgentes. Coragem, Benito! Muleta em farrapos, olé!

Europa: sozinha. Os velhos aqui mesmo, em companhia dos gorduchos que não saem lá de casa, todo o dia, toda a noite. Falando em Democracia, Pátria, Brasil. As festinhas em meu rosto – *e tão bonitinha!*

Carta Magna. Alexandre Magno, Lei, Decreto, Regulamento. Elaboração cuidada e lenta no escritório de papai, as intermináveis falações, os litros de uísque, meu Deus! Telefonemas: Presidente, Presidente do Congresso, Senador, Deputado Prócer, Líder. Pra que tudo isto?

O cabeleireiro: mamãe está no cabeleireiro: mamãe vai ao cabeleireiro. Costureiro: mamãe está no costureiro: o costureiro está na sala de visitas com mamãe, os tecidos por cima do piano.

O compromisso é má solução: os velhinhos adoidados, os litros de uísque, as marchas pelo escritório que fede a charuto: *aquela é Sandrinha, vem cá, minha filha.* Que broto bonito! O Senador que me beija a cara.

– O Brasil é um país situado na Amerda do Sul! Ai! Mais devagar, Domenico. Assim você me machuca!

SANDRINHA

I

— **F**echa os olhos. Fecha os olhos e deixa eu passar os dedos em seu corpo e deixa que eu sinta o perfume de seus cabelos e abre a boca, bem aberta, e deixa que eu sinta o seu hálito.
— Assim? Assim está bem?
— Assim. Assim mesmo. Vira e deixa que eu veja os seus quadris. Quero passar as mãos em suas pernas, assim. Os seus cabelos estão brilhando contra a pele queimada. Ficam tão bonitos contra a sua pele queimada...
— Me dá um beijo. Hum. Assim, assim mesmo. Você prefere que eu esfregue a língua assim, entre os dentes, ou assim, entre os dentes e a gengiva?
— Assim. Bem devagar, esfregando a língua bem devagar. Assim. Vira outra vez, vira. Quero fazer uma coisa.
— Vai doer?
— Não sei.
— Eu li que dói.
— Não sei.
— Não tem importância.

II

– Pai, você tem de entender, pai.
– O quê?
– Você tem de entender, pai.
– Não, Sandrinha. Não consigo entender. *Você fica sem fazer coisa nenhuma o dia inteiro, pai. Você fica se tratando: horas defronte ao espelho, horas no costureiro, pai. Andar bonitinha, arrumadinha, penteadinha, pai. Mais um ornamento para a sua elegante casaca, para as suas medalhas e barretes bem dispostos em linhas paralelas, pai.*
– Eu quero trabalhar, pai. Posso trabalhar em Manguinhos: fazer experiências com porquinho-da-índia, por exemplo.
– Bobagem, minha filha. Você tem é de estudar e se casar e criar os filhos.
– Mas, pai, quero ser alguém. Não quero sair daqui para me casar. E não gosto de ninguém, se lembra? Quero é trabalhar e estudar.
– Não, Sandrinha. Filha minha não se expõe a isso. Escuta, seu pai é mais velho e tem experiência da vida. O que você acha que essas moças que trabalham fora fazem? Querem é ter casos com homens!
– Ora, pai?!
– Você é criança, minha filha. Deixa que seu pai trata de você. Quero é você bonitinha para a festa dessa noite.
– Pai!
– Fui muito condescendente, Sandra! Já conversamos bastante por hoje. Agora basta. Lembre-se de que sou seu pai.

III

– Sandrinha, isto são horas? Onde é que você esteve?
– Passeando, mãe.
– Com quem, minha filha?
– Um amigo da praia, mãe.

A bofetada joga a cabeça de Sandra contra a parede: os cabelos espalharam-se pelo rosto espavorido e, por um momento, pareceram fixar-se na parede. A bolsa tombou aberta: cai um lenço, o batom rola desamparado, o pacote de Anovlar fulge sobre o tapete escuro.

– Onde?

Mais um tabefe, e o vestido se rompe até a cintura: os mamilos se destacaram, rosados, em contraste à pele requeimada. Sandra ofegava, os traços do rosto fino se contorcem: os olhos verdes se velavam, as mãos estão espalmadas contra a parede, o corpo lasso em curvatura para a frente.

– Sua vagabunda!

A mão aberta choca-se contra a orelha esquerda: Sandra escorrega pela parede até o piso. A mãe apanha o pacote de Anovlar, a verduga mão direita guarda o pacote na saia:

– Sua vagabunda! Criar uma filha para isto! Mas deixa estar que falarei com seu pai. Sua vagabunda!

A mãe estava realmente zangada, o ar de Baronesa esvaíra-se do rosto ainda bonito: raiva e frustração nos olhos e na boca, tremor indignado no corpo esbelto. E a mãe calcava o soalho com o taco do sapato e batia com a mão direita nos quadris. A mãe estava realmente zangada.

IV

Chegaram do Ceará: dois homens pequenos, de pensamentos ocultos por trás das vastas sobrancelhas e dos finos bigodes pendentes. As roupas estavam sujas, os paletós ocultando as armas. Marchavam de cabeça baixa, os olhos para os lados: jabutis à procura de alimento.

– É um cabra que estuda pintura na Rua Jardim Botânico. Um detetive já descobriu tudo. Toma esse papel aí. Está tudo escrito aí. O detetive descobriu tudo.

– Tá conosco, Doutor.

– E vocês voltam amanhã mesmo. E me levem essa carta para o compadre. Esse envelope aí é para vocês.

– Tá conosco, Doutor.

– Outra coisa: não precisa dar muito vexame não. Eu quero apenas um sustozinho.

– Tá conosco, Doutor.

– Um sustozinho, hein?

– Tá conosco, Doutor.

Os jabutis ligaram os sorrisos: os dentes de ouro apareceram, rapidamente, e as mandíbulas se fecharam. Saíram, os olhos nos sapatos empoeirados: respeito com o Doutor.

V

CADÁVER ENCONTRADO
NO RIO DA GUARDA

A polícia fluminense procura identificar o cadáver de um homem branco e presumivelmente moço encontrado esta manhã no rio da Guarda, em adiantado estado de decomposição.

O corpo estava nu e retalhado por navalha; os pés, ligados por arame, foram amarrados aos braços quebrados. Tinta seca nas unhas leva o Delegado Bonfim a afirmar que se trata de um pintor.

(*8ª pág. do 2º caderno*)

COMBATI O
BOM COMBATE

VOCÊ TEM GAULOISES OU GITANES?

Imutável prática: brigarem às sextas-feiras, justamente no que se vestiam. Mas ela permanece tranquila, sabe que na segunda-feira – após as aulas – ele saca o maço de Gauloises e pretende ler os avisos seguros por tachinhas no carunchoso placar junto à porta principal e espera que ela passe e quando ela pisa os primeiros degraus:

– Sonja! Um demi, hein?

Eu me ocupo em vergar a capa do grosso caderno comprado na Papeterie Joseph Gibert. A capa é dura e me ocupo em dobrá-la, talvez assim ela fique maleável e possa curvar o caderno sobre minha perna e desenhar no blau das folhas.

Sonja esbraveja, perde mesmo sua calma nórdica, às sextas-feiras. Enfia de qualquer maneira a colher na boca de Henry, põe a camisola no corpo de Annette, e se esquece de escovar-lhe os cabelos, como faz todas as noites. Mme. Florine sabe que é sexta-feira e finge não perceber a pressa de Sonja:

– Sonja, você não vai sair hoje?

No que levanto a cabeça, Mme. du Ménon de pé no supedâneo: descobri que nunca hei de esquecê-la – sextavada a copa da boina cor de musgo, variações de mel: rosto, cabelo, casaco, sapatos. Pura celta clara, chispante inteligência. Ou mulher bonita?

ei! você bem podia me avisar que iria sair. Fiz um sanduíche de patê. Trouxe uma garrafa de vinho. É tão ruim que deve ser de seu país. DROP DEAD!

Sonja sobe correndo para seu quarto, escancara a janela: muita neve, o casaco de pele, o barrete de lã com borla escarlate; pouca neve, o casaco de grosso tweed, os cabelos ruivos e brilhosos por cima da lapela. Basicamente: a pele sardenta, macia, pálida; os olhos tranquilos, saudáveis e claros: Sonjanórdica.

Amarroto o bilhete de Sonja. Alguma coisa mais cansativa do que uma mulher? Uma mulher apaixonada. Mas enquanto amasso o bilhete, desabotoo o paletó, jogo o chapéu na cama – as plumas, fixas naquele pincel de barbear, balançam – e vou mordendo o sanduíche de presunto. Algum dia Sonja terá uma surpresa. Que ideia, aparecer de supetão no meu quarto!

Programa: o Racine. São dois filmes, em geral saem no meio do segundo, sobem o Boulevard Saint-Michel até o Bar Cujas: salsicha, mostarda, baguette, demis, 23 horas. Já são 23 horas! Galopam até Odeon: Murat – l'éclat c'est moi; trocam no Châtelet: Murat: l'éclat c'est moi; saltam em Chaussée – D'Antin: Murat – l'éclat c'est moi; sobem correndo as escadas, dois, três degraus aos pulos, até o quarto de Sonja. Mme. Florine sabe, mas não se importa. Onde conseguirá outra Sonja?

No anfiteatro: à minha direita, aquela gigantesca alemã, que talvez fora a discípula amada por Ilse Koch, a monstra de Buchenwald. Mas Hildegarde não sabe o que foi Buchenwald, nem Ilse Koch. Começo a rabiscar o caderno – principalmente cavalos chineses – recebo um beliscão na orelha direita, uma cotovelada nas costelas: *Achtung!* À minha esquerda, Miss Ho murmurava palavras coreanas enquanto agita as pestanudas pálpebras. Ela roça deliberadamente, e sempre delicadamente, seu pé no meu sapato molhado pela neve fofa. Aguardo que pegue pneumonia, bronquite, uma virose qualquer. Meu Deus! Mas aquele corpo fraco – um abraço meu ele quebra – é também organismo saudável.

Meu maluco, você fica
em casa esta noite?

Certa vez, eles demoram bastante. Ele tem de atravessar a pé a cidade, só tem bilhetes para o Metrô, pas d'argent, só vi duas pessoas, Sigrid! – Sou Sonja! Não me confunda com aquela sueca beata! Dois gendarmes nas bicicletas, e quando eu já estava na Madeleine! Meus pés ficaram gelados, não sentia mais as orelhas. Atravesso a pé a cidade, o rosto batido pela neve, o Metrô já fechado.

Seguro o papel acintosamente contra a luz do teto, coloco o bilhete na boca, mastigo a folha do caderno, ela se transforma na polpa originária. Cuspo a bolinha com admirável precisão: ela se gruda à perna lisa de Miss Ho, que agita as pálpebras súplices: Fou! *Ubu Roi: merdre!*

A praxe: sabe, Sonja? Hum, ela já cambaleia de sono, amanhã tem de se levantar escuro ainda, arrumar os garotos, levá-los à escola, dar café para Mme. Florine e o marido, correr para a Faculdade. Para com isso, Sonja! Eu quero estudar! Ela tem de esperar que ele saia para trancar a porta: ele põe a camisa para dentro das calças, o suéter, a gravata no bolso do paletó, afinal isso é ridículo, Sonja. O sobretudo, as rugas no cenho, nous sommes finis, han? Mas ela nem responde, ela cambaleia de sono: Fou!

Inverno que não termina! O nome do impotentor mais ativo? Sérgio ri, cretino que é. Falemos de afrodisíacos, hein? Não, quero o impotentor supremo! Mostro a Sérgio o bilhete de Sonja:

chego às oito

o de Ho:

depois das aulas?

o da Hildegarde:

estúpido!

— Tá vendo só? É mulher demais! Preciso de um impotentor!
— Quero lhe apresentar Sylvie.
— Ah! francesa mesmo?
— Suíça, de Genebra.
Fou, Bergen fica na costa. Acompanha o recortado — o fiorde? — o fiorde, e tem um funicular acima da cidade, mas gosto mesmo de ir a Bodö para ver o sol da meia-noite, assim de junho até o meio de julho, é pleno verão, você gostaria muito de Bodö. Prefiro mesmo São Conrado, até Copacabana, por favor! Qual é a população de Bergen? Vamos dizer, 120 mil habitantes. E a do Rio? Vamos dizer, uns 6 milhões de habitantes. Sério? Ora, Sonja! E Sylvie que vai trabalhar no Rio de Janeiro? Coitada!

Mas Sérgio, mesmo ocupado com aquela italiana, dia e noite ocupado com aquela italiana, já fala das velhas aventuras. Fala da noiva carioca: Lucinha. Fala também da noiva marroquina; juro que não sei dizer o nome. Sérgio, te dou a Miss Ho! Mas aquela fugitiva do Trastevere não me larga! Então...

Missa das dez, na Notre Dame: o padre menciona hospitalidade. Os parisienses devem ser hospitaleiros com os estudantes estrangeiros, principalmente agora que os universitários estão inquietos. Cutuco o braço de Sonja, mas ela não compreendeu coisa nenhuma, está com sono. Ademais é protestante. Exemplo de lealdade feminina, ela mira assombrada as colunas cinzentas e pendura-se no meu braço.

Ele foge como dragão lancetado por São Jorge: dorme no quarto do maricón argentino, no quarto da ninfômana brasileira que está em Nice, no quarto da portuguesa que se cura daquela tradicional doença venérea. Fujo das mulheres. Tenho de preparar a maldita exposição para a próxima quarta-feira.

Sérgio irrompe no quarto: onde é que você tem andado? Não tem lido os folhetos? Escuta só: *l'existencialisme est âpre, il ne nous offre qu'une chose: être responsables, combattre jusqu'à la fin, même les choses déjà déterminées...* Cara! leia só esse aqui! Sérgio, me larga! Você acha que eu vou me meter nessa fofoca de francês? Olha só: mas Sérgio já bate com a porta. Sérgio é muito nervoso. Ele precisa largar aquela italiana. Aquela dona mata o Sérgio, *mamma mia!*

– É cartesiana! Não sabia que você sabia tantas coisas! – Sonja me olha amorosamente, parece cachorro à espera da festinha do caçador, enquanto lê o esboço desta maldita exposição.

Ela ri, a cretina! Mundo perigoso: em cada esquina uma mulher, em cada bar vinte mulheres, centenas, milhares, bilhões de mulheres soltas no planeta! Sinto-me fatigado. Da próxima vez é na cara, balbucio, enxotando a mão cobiçosa de Miss Ho, que pousara na minha calça de veludo limpinha.

– Sonja! Não quero saber disso! E você está aqui para estudar! – mas ela insiste: mais espaço nos anfiteatros apinhados, fétidos, escuros. Outra redução nos preços dos restaurantes estudantis. Mas, Sonja, é barato mesmo! Você não come com Mme. Florine? É uma questão de princípios! Até já, Mme. Florine me pediu que apanhasse mais cedo os garotos no colégio. Escrava! Ela também bate a porta ao sair. Preciso compor um aviso: *Attention! La porte est fragile.* É uma questão de saídas.

Hildegarde séria: os cabelos se desmancham ao meio da testa, o lápis seguro na boca, o cardigan desabotoado, o folheto aberto na platibanda, o mocassim vibra solto nas pontas dos dedos, a vibração acompanha o balançar da perna direita cruzada sobre a esquerda: *Mein Gott!* ela murmura.

Miss Ho séria: olhos cerrados, o tronco que se curva para a frente: *mado wo akenaide kudasai*. Sou obrigado a rir: ora, Miss Ho! desde quando eu falo coreano? *Je t'en prie, n'ouvres pas la fenêtre!* Jogo a folha contra o caixilho. Até que enfim posso bater em alguma coisa! A classe inteira olha para mim. Perdão, Mme. du Ménon! E foi japonês, não foi coreano! Tá, poliglota-Ho. E ela nem me passou nenhum bilhete. Essas mulheres estão ficando anormais!

Eu acendo as luzes. No que passo pelos aposentos, acendo as luzes. Eu acendo a luz do corredor, eu acendo a luz do outro corredor, que se dobra em T, eu acendo a luz principal do banheiro e depois a que fica por cima da pia. Agora eu me examino: a cara longa mas cheia, os cabelos ainda pretos, as olheiras escuras, as sardas pequenas, o queixo dividido, os olhos indecisos entre o verde e o castanho. Eu volto pelo corredor em T, me chego à porta principal, volto para a estante e tento escolher um livro. Mas são tantos! A mão direita inda se ergue mas logo se abaixa, parece ter um comando próprio. Olho surpreso a mão direita, as linhas que se cruzam na palma, a cor rosada. Afinal a minha mão.

– Sérgio! Me dá um desses fedorentos Gitanes.

O cara nem olha para mim. Arrasta aquela italiana pela mão, ladeira abaixo, em direção ao Cujas, a cabeça ainda envolta em gazes e esparadrapos. *Ubu Roi: merdre!* Sérgio, Sérgio! Mas parece que o frio gela meus gritos. O cara nem olha para mim, vai descendo a ladeira, aquele monumento arrasta-se atrás dele. É o problema das europeias. São muito femininas.

Ele ronda o quarto, solitário, examina vagamente as folhas sobre a pequena secretária: a exposição toma forma, talvez mais uns dois dias, se a Sonja continuar sem aparecer. Ei! O que houve com aquela suplicante? Não me procura há quatro dias! Que sorte! Você se lembra daquela história do sujeito que me aparece feliz no bar: estou de férias! Minhas amantes, minha esposa, todas no mesmo dia! Vamos meter um pôquer?

> *Sur le Boul'Miche,*
> *Y'a de la bibiche*
> *Qui fait d'l'oeil en passant*
> *Aux joyeux étudiants...*

Renato Motta e Silva da Cunha desce a Rue de l'Ecole de Médecine, dobra à direita no Boulevard Saint-Michel, pastas debaixo do braço, as mãos nos bolsos do casaco de couro. Acompanha a fumacinha que sai de sua boca: é tão frio! O céu caliginoso parece escavar a calçada: é tão baixo! Vamos até o Jardim do Luxemburgo ver o lago. As águas devem estar congeladas.

Hoje faz frio e meus pés se contorcem nas sandálias. As palmilhas estão molhadas, devo suar nos pés embora esteja frio. Eu me apalpo: os cigarros no bolso direito, os documentos no bolso esquerdo, as chaves na cintura. De que mais eu preciso? Eu sei que deixara dinheiro na gaveta da cômoda mas não ando com dinheiro. Mas também não pegara um livro. Para que pegar um livro? Para ler? Seguramente eu quisera um livro por segurança. Algo nas mãos ao invés do cigarro. Talvez a bengala nodosa, quem sabe?

MAS POSSO CONTAR-ME UNS CONTOS:

A bas les flics! A bas les flics! O coro entoa o refrão da batalha. Em seguida os apitos breves, o bater das botinas nos velhos paralelepípedos. A primeira vaga se choca contra as rochas, depois um suspirar cavo de milhares de pessoas. O reverberante patear pela Soufflot, Gay-Lussac, Saint-Jacques, a estação de Sceaux. Os primeiros uivos, o baque surdo: os longos bastões de madeira que encontram seu destino. E já começa o lamento das ambulâncias. *Ubu Roi: merdre!*

E Renato Motta e Silva da Cunha estranha o anfiteatro quase vazio: cadê o louco filipino, a morena grega, e Miss Ho? Ele escreve um bilhete para a germânica amazona de braço enfaixado, que hoje se mantém à distância:

e a chata da Ho?

Por exemplo: posso contar-me de a face de Hildegarde amarrotando meu bilhete naquele bolorento anfiteatro da Sorbonne, o desaparecimento daquela norueguesa: Sônia? Sonja! a que trabalhava au pair com Mme. Florine, o dedo que fazia não para mim lá de cima do estrado: Mme. du Ménon, é. É isso mesmo. Por que não me deixou fazer aquela exposição? Tanto trabalho para colher material. E de meu encontro com Sylvie já no Rio, tão logo retorno ao Brasil. Esse foi bom: consigo o carro de meu pai, o telefone de Sylvie, e convencê-la a falar comigo...

[YANG, YIN...]

– ... e depois, mon vieux, pegou mesmo mal você sumir todo fim de semana. Sonja dizia que você se dedicava a atividades extraconjugais. Sem contar o vexame de sua covardia. Todos naquela bagarre... e você? Preparando uma bobagem qualquer sobre o Romantismo e o Existencialismo! – Sylvie tem uma pronúncia gutural e diz umas palavras em alemão também. É caótico o resultado, ainda mais que falamos em meio a linhas cruzadas. As delícias do Rio de Janeiro! Mas Renato é persistente, não relaxa, não desiste:

– Olha, um longo e um breve, entendeu? Já vou para aí. Um longo e um breve. Você tem Gauloises ou Gitanes?

SÁBADO, À NOITE

I

Renato já estava deitado, e assistia à televisão pequena, quando Ângela irrompe no quarto:
— Renato, o Ernesto está perguntando se nós queremos sair com eles.
Renato olhou-a rapidamente e vira a cara para a televisão:
— Não — a voz sai em tom rápido e decidido.
Ângela segura a fímbria da camisola na mão direita e comprime o tecido transparente:
— Renato, benzinho, responde logo que ele está esperando no telefone.
— Não.
Ângela solta o nylon que flutua até tocar o soalho:
— Renato, o Ernesto quer saber se nós queremos sair com eles. O que é que eu respondo?
— Não, porra! — a voz retumbou no quarto.
Ângela encolhe o corpo.
— Não quero ir, porra! Quantas vezes você quer que eu diga que não quero ir? — Renato dobrou-se em direção à mesinha de cabeceira, apanha um cigarro e acende o cigarro.
Ângela ainda abriu a boca mas desiste de falar. Encosta-se ao portal, cobrindo o rosto com o antebraço, e começa a chorar. Renato tentou concentrar-se na televisão: olhando fixamente as imagens e fumando com displicência aparente. Ângela consegue vê-lo disfarçadamente por debaixo do

braço e, notando-lhe o desinteresse, aguça mais o timbre dos soluços...

— Está bem, Ângela, pode parar de chorar! — berrando exasperado, pondo-se em pé na cama — fale a este chato que nós vamos sair com eles, pronto! Desisto. Não estou mais cansado. Estou descansadíssimo e louco para sair com eles, porra!

Ângela retirou o braço da cara, fungou, sorriu soluçando ainda, e sai do quarto correndo energicamente.

II

Renato para o carro na porta do edifício onde morava Ernesto e olha o relógio:

— Olha só, nove e meia e os dois chatos ainda não desceram. Depois, você fica dizendo que eu é que sou o chato, porra...

— Para com esta linguagem grosseira, por favor?

— Que merda, Ângela! Estou com um puta dum sono e você fica inventando frescura, porra!

— Ou você para com os palavrões ou vou-me embora!

— Que sorte! Puta-que-pariu-merda-caralho! — berra encostando a boca no rosto de Ângela.

A pele morena enrubesceu-se, mas ela consegue manter aparência digna, olhando compenetradamente o limpa-para-brisa parado...

— Olha só! nove e trinta e sete, Meu Deus! — Renato ululava, no que segura o volante com as mãos, o corpo bem encostado ao assento — por que fui me casar, Meu Deus? Nunca fiz mal a ninguém, nunca passei ninguém pra trás, nunca roubei ninguém!... Ó Senhor Deus dos desgraçados! Olha, só, Ângela! Nove e trinta e oito! Os putos estão atrasados oito minutos!

Ângela examinava detidamente um pedaço da lâmina de borracha do limpa-para-brisa: o pedaço de borracha es-

tava ressequido e pendia paralelamente ao para-brisa, negro e sujo de barro.
— Ângela! — Renato bramiu, socando o volante — nove e trinta e nove, por-ra!
— Seu estúpido! Cala essa boca. Eles estão chegando!
Ernesto e Rosinha aproximam-se do carro. Ele usava blusão de camurça e calça de veludo, o cabelo recém-penteado, a pele do rosto avermelhada; ela, vestido estampado, pulseiras de ouro tilintantes, os cabelos negros arrumados em coque cuidadosamente.
Rosinha debruçou-se na janela do carro:
— Querida!
— Você está um doce, meu bem! — Ângela enuncia, o sorriso descobrindo os dentes faiscantes.
Rosinha abriu a porta do carro; Ângela salta e dobra o assento dianteiro do Volkswagen, ajeitando-se depois no banco de trás, junto a Rosinha.
Ernesto sentou-se à frente e fecha a porta fortemente.
— Caramba! Cuidado que o guarda-louça vai quebrar — Renato dá uma palmadinha no ombro acolchoado de Ernesto.
— O seguro paga, meu velho, não tem problema — Ernesto ri sacudidamente, fazendo o carro inclinar-se para a direita e gemer nos amortecedores.
— Onde vamos?
— Meu bem, que penteado maravilhoso! Onde você fez o cabelo?
— Ih! Que beleza de bolsa, Ângela! De onde é, querida?
— Fui ao Renaud, você não pode imaginar que problema fazer o cabelo com o Luiz. Chi! Que coisa! Sabe, estive com Aninha outro dia e...
— Alguém podia me dizer onde é que nós vamos? — Renato se agitando no assento, a voz bem alta.
— Seu bruto! — Rosinha vocifera, movendo a mão fechada em ângulo reto com o pulso.
— Vamos ao Bierklause? — Ângela sugeriu.

– É chato!
– Então vamos ao Canecão – Rosinha em tom definitivo.
– Não, está cheio de suburbanos. Tacaram uma linha direta do Méier que para bem lá na porta – Ernesto protesta.
– Vamos ao Casa Grande?
– Quem faz o show?
– Hum! Deixe ver...
– Já sei! O Ary Cordovil.
– Não vou! – Renato entediado.
– Não vai, como? – Ângela contrariada.
– É da Bercy – Rosinha escovando os cabelos.
– Que ótimo! – Ângela alheia.
– Bercy?.. – é nova essa boate? – Ernesto virando o tronco para trás.
– Não, meu bem. Estou ensinando a Ângela onde comprei esta bolsa.
– Alguém poderia resolver onde é que nós vamos? – Renato insiste, a voz aguda – daqui a pouco aparece um PM para me multar. Já são nove e quarenta e nove, olha só – ele torce o pulso e mostra o relógio.
– Ah! Já sei, vamos ao Bem.
– Tá doida, mulher! Não se vai mais ao Bem há cinco anos. Você está fora de foco!...
– Mas olha a cor deste esmalte, você já viu só? – Rosinha esticando os dedos para Ângela.
– Então eu vou para o Real Astória tomar chope – conclui Renato, ligando o motor do carro.
– Chi! Renato, deixa de bobagem – Rosinha criticou – Real Astória? – para Ângela – você conhece aquele desodorante novo que saiu?
– Não uso desodorante.
– Não, benzinho, é um desodorante novo... – Rosinha curva-se e cochicha na orelha de Ângela. As duas começaram a rir, tapando a boca com os dedos – tem agora até com gosto de champanha – Rosinha elucida.

Renato engrena a primeira e o carro começa a andar.
– Astória – Renato grunhiu.
– Eu topo – Ernesto acede.
– Qual é a marca?
– Chuim, da Peggy Sage.
– De quê, Meu Deus? – a voz de Renato era exasperada.
– Do esmalte, ignorante – Rosinha diz o ignorante carinhosamente e se curva para a frente e respira no pescoço de Renato.

O carro continuou pela Avenida Atlântica, dobra Joaquim Nabuco e vai seguindo agora a praia de Ipanema.
– Como é, pulando muito? – Ernesto acendendo o Minister com um Dupont laqueado.
– Ah! Não há problema!... Agora só pago duplicata no protesto. Comprei um sujeito no Cartório e o tipo me avisa quando algum título bate lá – Renato explicou rapidamente e abre mais o quebra-vento. – Calor, hein?
– Até que estou com frio.
– E com você?
– Tudo bem. O Estado agora vai nos dar atrasados e vou ganhar mais um triênio. Tudo calmo pro meu lado, sabe? Ângela, você vai ao Festival? – Ernesto vira-se para trás.
– Ainda bem... pelo menos um que não está faminto – comenta Renato.
– Não sei, o Renato não me disse nada.
– Ora, vamos sim! deixa o Renato pra lá...
– O Frank Sinatra vem? – Ângela, indistintamente.
– Vem coisa nenhuma. Você acha que ele fala com subdesenvolvidos? – Renato bate com os dedos no para-brisa.
– Eu queria a Françoise Dorléac – Ernesto explicita.
– Já morreu.
– Quem?
– Essa dona.
– Mentira.
– No duro. Eu li no *Paris-Match*.

— Olha só aquela crioula — Rosinha aponta uma garota parada na esquina de Montenegro, e que se volta esperançosa para o carro, arqueando os quadris.

— Estas mulheres não têm vergonha na cara — Ângela considera — ficam bem no lugar em que tem família, usando essa minissaia escandalosa.

— É? — Renato analisa as pernas descobertas de Ângela, a curta saia no meio das coxas — é um problema de marketing, você não compreende?

— Que marketing que nada! É falta de polícia! É garotinha ainda, veja só — Ernesto estimou — e fica por aí fazendo a vida.

— Ela não tem é vergonha na cara — Ângela apreciava em tom ultrajado — daquela idade, Meu Deus! O mundo está perdido!

III

Pararam o carro na Aristides Espínola e entraram no Astória: sentam-se na varanda, bem na última mesa do fundo.

— Boa noite, Lino. Antes que todo mundo comece a dar palpites: traz chope, Steinhäger e canapés — Renato anunciou para o garçom.

— Eu não quero chope — diz Ângela — eu quero... deixa ver... eu quero... — olha súplice para o garçom, que endireitava a toalha dobrada no braço esquerdo.

— A senhora quer um Pernod? — o sotaque espanhol ainda perceptível na voz alegre de Lino.

— Ah! Isso mesmo: um Pernod — Ângela decidiu-se. Lino se vira e abre caminho pela varanda cheia de gente. Ernesto acende um cigarro. Renato oferecendo Minister às mulheres:

— Vamos de câncer?

— Sem graça — Rosinha curvou-se para que Ernesto acendesse o cigarro. — Eu acendo o seu TND, Renato — Rosinha pega o isqueiro de Ernesto e acende o cigarro de Renato.

— TND?!

— Tubo nicotínico disponível.

Todos riram, enquanto soltavam fumaça pela boca.

Renato arrumando a camisa que estava por fora da calça e passando a mão no rosto. Rosinha olhou-o interessadamente:

— Não faz mais a barba, é?

— Não tive tempo de me barbear hoje, por quê?

— Chi! Deixa de ser estúpido, Renato! — Ângela encara-o. Ernesto sorri.

Lino chega com as bebidas e Renato emborca o Steinhäger:

— Mais outro, Lino.

— Ih! Já vi que vamos ter pileque hoje — Ângela move os ombros irritadamente.

Renato bebe o chope de uma só vez, o pescoço movendo-se ritmadamente, os cabelos escuros caindo na testa. Bate com o copo vazio na mesa e desafia Rosinha:

— Viu como é que é?

Rosinha bebe todo o Steinhäger e depois o chope de uma só vez:

— Assim? — pôs a língua para Renato, batendo com o copo vazio na mesa.

O rosto cansado se anima:

— Legal, Rosinha.

Rosinha empinou-se na cadeira e cruza as pernas:

— Quero mais, Ernesto.

— Cuidado, Rosinha — a testa alta de Ernesto se enruga.

Lino volta e serve mais Steinhäger e chope a Rosinha e Renato:

— Os canapés já estão quase prontos.

— Obrigado, Lino — Renato ergue o cálice de Steinhäger — ao Imperialismo Ianque! — e pisca os olhos para Rosinha.

Rosinha bebe o Steinhäger:

— Ao Drops!

— À CIA! — Renato continuando — senhoras e senhores, dirijo-vos a palavra mansamente para perguntar-lhes em alto e bom som se tomaram conhecimento esta semana de um grave problema: *Blow-Up!*

Rosinha bate com a mão na mesa:

– Achei uma merda!

Renato riu, curvando o tronco, apoiando os braços esticados e a fronte contra a mesa. Ângela se contrai, esmagando o cigarro no cinzeiro. Ernesto tenta sorrir mas olha reprovadoramente para Rosinha.

– Não entendi coisa nenhuma! O Antonioni é um chato! – prossegue Rosinha.

Renato apruma o torso e joga a cabeça para trás, as lágrimas escorrendo na face: o tanto rir:

– E você, Ernesto?

Ernesto pigarreia:

– Bem, achei... isto é, um psicanalista meu amigo me elucidou que...

Renato socando a mesa:

– Um psicanalista meu amigo... – imitando a voz grave de Ernesto, no que torce a boca ironicamente, a testa rorejada pelo suor – e você, intelectual mal parida – acena a cabeça para Ângela.

– Não falo com bêbados – Ângela dá de ombros desdenhosamente.

– Mas deita com bêbados.

– Renato!

– E daí? Você acha que eles acham que você não se deita comigo? Sua Virgem Maria!...

Lino coloca o prato de canapés na mesa:

– Mais alguma coisa?

– Steinhäger e chope, Lino – mostrando o copo vazio.

– Renato, não é melhor parar de beber? – Ernesto pôs a mão no ombro de Renato.

– Pra quê? Deixa eu ficar bêbado. Ando cheio da vida. Ando cheio de títulos, duplicatas, vencimentos, negócios; puta merda! – sacode os ombros e a mão de Ernesto cai.

— Fala baixo, Renato — Ângela suplica.
— Fala baixo!... por quê? — Rosinha ergue a voz — puta merda!
— Cala essa boca, Rosinha! — Ernesto rosna entredentes, os punhos cerrados em cima da mesa, a face vincada ameaçadoramente.
— Está certo, meu amo e senhor! Mas posso papear com Ângela? Estamos determinando o gosto mais erótico para aquele desodorante que você me deu.
O rosto de Ernesto ficou rubro. Ele quer exprimir-se e não consegue.
— Acho que você prefere o gosto de champanha — continua Rosinha — e você, Renato?
— Prefiro cerveja. Sou proleta. O empresário proletário. Muito obrigado, Senhora.
— Não, burro, estou dissertando sobre desodorantes.
— Eu ponho Polvilho Antissético Granado nos pés e nos sovacos — faz o gesto de quem se polvilha.
— Você está bêbado — Rosinha conteve um soluço.
— Ainda não, mas como sempre dizia o Federico: tenho esperanças... — fez uma pausa — aquele camarada era um tipo alienado. A descoberta daquele crime... — Renato ciciava meditativamente, os olhos entrecerrados.
— Crime?
— Falo de *Blow-Up!* Vocês não sentem coisa nenhuma! — a voz levantara-se, os cabelos estavam desmanchados, e o olhar fixara-se em um ponto da parede esbranquiçada.
— Agora é o louco manso — Ângela murmura para Ernesto.

Renato emborca mais um cálice de Steinhäger e repuxa os cabelos. Rosinha apoiara o rosto contra o punho direito e contemplava Renato.

— Pois é, Ângela, já tenho as entradas para o Festival.
— Que bom! É perto do palco, Ernesto? — Ângela fumava elegantemente o cigarro preso entre as falangetas da mão direita.

— Acho que sim. É uma frisa que fica junto à entrada principal.
— Você gostou de *Blow-Up?*
— Aquilo é bobagem! Sem pé nem cabeça. É para enganar os trouxas.
— Também acho. É tão sem moral. Não sei como a censura deixou passar aquele filme.
— É mesmo...
— Sabe, Ernesto? há tempos que não vejo um bom filme. Um filme com Lana Turner ou Robert Mitchum...
— É mesmo. Um filme americano, daqueles bons de nosso tempo.
Ângela suspira.

A PASSO, MARCHA, TROTE E CACHAPIM

Do alto do morro, a paisagem é verde: é verde o pasto, embora os cupinzeiros se levantem marrons, é verde a mata, embora a quaresma rompa o verdáceo que se espalha em tantos tons, é verde o riacho que se escorrega entre as pedras limosas, arredondadas e claras.

Sobre o verde, o céu se alastra azulado, fulgente, sem nuvens, e o ventozinho bate no corpo, e faz o tremor percorrer o corpo – eu me estremeço – os braços se chocam contra as pernas, e a mão direita se agarra ao chicote de couro trançado, já torcido pelo tempo:

nem nuvem de chuva, nem borriço de vento, parece que nada, jamais, passará pela frente do sol: nada, jamais, toldará o azul, o verde, o verdor do tempo sem fim pela frente. O cavalo relincha, o nitrido a seguir lhe esgarça as narinas frementes, eu tremo:

o vento que passa levanta as folhas secas do solo castanho.

Vejo as cidades nos vales além, o pó que se levanta da estrada resseca, Faísca abaixa a cabeça, o pescoço se dobra: os músculos incham, a crina vibra, longa, loura, macia,

e levanta a cauda comprida, cheia, as ancas se movem. Sinto o cheiro, Faísca, sinto o cheiro e penso que os fantasmas se agitam, os cravos selvagens se abrem, e sinto o cheiro da morte, o cheiro gordo e putrefato da morte, descendo as encostas verdolengas. Agora, os pelos se eriçam em torno da cicatriz oval no braço direito:

— Vamos dançar, Rosinha?

Os ombros são retos, a garota ensaia relaxar a musculatura das costas, mas as fibras compactas rígidas ficam: a mão do rapaz não se aprofunda na carne dura, embora a sinta sob o tecido fino:

— Vou ganhar todas as provas. Este ano vou ganhar todas as provas. Depois o campeonato sul-americano e depois as Olimpíadas.

— Mas você está em forma?

— Estou. Estou boa mesmo.

— Eu sei.

Quisera te meter o chicote nas ancas, Faísca, afundar os calcanhares em teus flancos nervosos, e descer pela encosta sem fim, para chegar antes do vento, Faísca, e não sentir o cheiro da morte que se esparrama no ar, tão docemente.

A culote cáqui me aperta os joelhos: a culote cáqui é velha, quase branca, e falta um botão na perna esquerda, logo acima da bota escura. Os pelos irrompem negros pela pequena abertura: aperto mais os joelhos contra a sela antiga, empino mais os pés contra os estribos: mas ainda vejo os pelos.

— Os pelos de seu braço me coçam mas eu gosto. É bom, sabe? Fico toda arrepiada.

O casal desce as escadas até a passagem feita em mosaico, anda até o quintal umbroso e se encosta a uma árvore. O rapaz segura a garota pelos ombros e beija a garganta clara. A garota sussurra:

— Deixa eu passar meu rosto em seu braço, os pelos são tão macios.

O cavalo estaca sob a mangueira frondescente: tateara com as mãos os nós das raízes e agora se imobiliza entre os dois braços largos e altos, cor de sépia, que mergulham nervosamente na terra vermelha, mais adiante. O cavalo estaca e dobra o pescoço, arqueia o pescoço e morde alguns tufos de capim ressecado, e o cavaleiro trança a perna sobre o cabeçote da sela, e enrola as rédeas no pulso esquerdo, as tiras compridas ficam bambas aos lados do pescoço do cavalo. O cavaleiro tira o maço de cigarros do bolso da camisa amarrotada, acende o cigarro, tira da cabeça o velho chapéu de couro e passa os dedos entre os cabelos: alguns fios já são brancos, destacam-se da massa negra.

– Seus cabelos são tão pretos. Tão pretos que parecem ficar azulados aqui no escuro.

Agora, agora aliso os braços assim, e subo as mãos assim, até as alças do vestido, e puxo ela assim com a mão esquerda, e, com a direita, aliso a garganta assim, deixo agora a mão escorregar pelo decote, enfio o dedo médio, mais o indicador, pelo decote assim, mas tenho de beijá-la assim, rapidamente, assim ela não fala, ela não pode falar, aperto ela contra a árvore, assim, ela não pode falar, nem sair, ela não pode se mexer, como é duro, é duro, é duro. O cheiro dos cravos no jardim.

Sobre a encosta o velho cemitério é branco: emerge do pasto verde: as árvores transbordam por cima dos muros parcialmente esboroados, as pedras cinzentas aparecem de permeio ao reboco pobre e quebradiço: rotas por onde passeiam lagartos e cobras indolentes que mal se pode perceber na argamassa limosa. Os cravos desprendem seus odores, os odores atravessam as distâncias para captar os insetos, e os insetos jorram de todas as matas e convergem para os cravos olorosos. Os saxáteis cravos gripam os griséus dos tijolos maciços e friáveis, saxífragos invasores agressivos e dissolventes: os cravos.

E o cavaleiro coloca o chapéu, o couro adapta-se às curvas e bossas do crânio, o velho couro machado e semiústo é mais uma fatia da pele, afinal. O cavalo retoma o passo: lento e calmo, as fibras se estirando sob o pelo baio, e o cavaleiro permanece com a perna trançada sobre a sela, as rédeas soltas: o tronco joga suavemente para os lados, a garota balança o torso para os lados, sua mão direita no pescoço do rapaz, que alisa seus braços, seus ombros e seu pescoço:

– Diz que a gente não pode fazer nada, não pode ficar nervosa, afobada...

– Você quer dizer excitada.

– E que o rendimento diminui com isso.

– Sei: vida calma, tranquila, para se quebrar os recordes, senão os músculos viram papas e você não vai para o campeonato sul-americano e as Olimpíadas.

– Mas afinal sou campeã brasileira de natação.

O rapaz sabe que na outra mão está o cigarro, ela sustém o cigarro na outra mão, só para sentir o cheiro, só para que, ele não jogue fora um cigarro não fumado, só para evitar o desperdício de um cigarro, só para ocupar a outra mão.

A mão direita do cavalo toca a trilha e o passo se acelera para a marcha, o cavalo marcha agora pela trilha esquerda que desce o morro, a declividade é marcante e o cavaleiro tem de se aprumar na sela, ele estriba o pé direito que trançara sobre a sela e retesa a canha que segura as rédeas e as tiras de couro se tornam retas, o que sobra tomba sobre a coxa esquerda do cavaleiro, frouxamente, e o cavaleiro aperta os calcanhares nos flancos do cavalo, e o cavalo estuga a marcha no que sente a camba na boca ansiosa, e o cavaleiro, agora presta atenção: repuxa mais as rédeas e aperta mais as botas contra o animal, as pontas finas das botas infletem-se para cima e se afastam dos flancos do cavalo: o cavaleiro é bom cavaleiro, ele aguenta firme a barbada na descida violenta, rápida e perigosa,

agora, agora o final: rapaz é o final, você tem de ser rápido, vivo: aproveite agora: ela tem as mãos ocupadas, o corpo não pode escapar, é uma situação perigosa,

e o cavalo escorrega numa pedra, a barbela se flexiona, a camba se aprofunda mais na sensível carne da boca, a cabeçada se contorce por trás das orelhas estáticas, o cabeio agora é francamente agressivo no que o peitoral se dobra e se separa das fibras exaustas,

e o cigarro se aproxima em lenta parábola, a brasa viva se aproxima do sangradouro contorcido que busca freneticamente uma abertura no cabeção do vestido: a flecha diminui, diminui:

e por fim, a brasa mergulha na carne venosa e o cigarro parece penetrar atrás da brasa e se estilhaça em finas partículas de tabaco,

mas, rapidamente, o cavaleiro segura as bridas, a camba rasga mesmo as comissuras da boca do cavalo, no que o cavaleiro afunda os calcanhares logo atrás da cilha: o trote agora é cachapim macio, o cavalo salta uma vala e mantém o cachapim: o cavaleiro traga o cigarro, seu tronco se relaxa na sela: ele pode coçar a cicatriz oval no sangradouro direito, meditativamente.

VAMOS JOGAR BURACO, JONES?

ELE CONSEGUIU estacionar o carro na Aristides Espínola, ao lado exato do Real Astória, e entra correndo para evitar as lufadas que traziam a chuva em rajadas finas e geladas.

Parou na varanda e alisa o cabelo com as mãos, fazendo a água escorrer e dando tempo à sua indecisão de escolher mesa.

Treme de frio e resolveu que ficaria na mesa ao término da varanda.

Sentou-se, esfrega as mãos, e dobra a lapela do paletó para cima.

Acende um cigarro e verifica se conhece alguém nas outras mesas:

um casal de namorados sussurrava, sentados juntinhos, as mãos unidas, os copos de bebida esquecidos à sua frente;

um senhor careca lia o programa de corrida, o cigarro grudado aos lábios, os óculos erguidos sobre o crânio reluzente, as rugas na testa coonestando sua total concentração;

duas garotas chupavam refresco e falavam alto, mas não podia entender as palavras.

A chuva chovia persistentemente, um relâmpago clarejando a noite que já tombava.

Um garçom desconhecido aproxima-se e ele pede três Martinis secos:

– Um para a sede, outro para sentir o gosto. E não se enfeita a paisagem?

O garçom descola os lábios, demonstrando que sorria do pedido, e afastou-se, movendo esforçadamente os pés chatos.

Então vislumbra a mosca atravessando a toalha branca e imobiliza-se para não espantá-la; o garçom volta com os Martinis, e a mosca voa.
Emborcou o primeiro, e começa a beber o segundo.
Dois homens entram correndo e param na passagem sacudindo as gotas-d'água que rorejavam nos paletós.
Levantou-se dubitativamente:
– Jones! É você mesmo?!
Um dos homens para de agitar as mãos e vira-se espantado:
– Como é que vai?
Jones abriu os braços e ele mergulha entre eles, dando repetidas palmadas nas costas rijas:
– Jones, velho! Como é que você vai?!
– Bem, bem! Você não conhece mais o Gema?
Virou-se para o louro troncudo e deu-lhe uma cotovelada na barriga:
– Como vamos de caratê?
Gema contrai o abdômen:
– Olha só – e ri, feliz.
– Vamos para a minha mesa.
Voltaram até o fim da varanda e se acomodam.
Ficaram se examinando mutuamente e Jones acendeu um cigarro:
– Voltou, hein?
– É. A gente sempre retorna – ele responde pausadamente, no que brincava com o cálice vazio.
– Dinheiro?
– Bastante. Dá para se viver, sabe como é...
– Ainda bem, não é?
– Ainda bem.
Gema permanecendo calado.
– Jones, e você?
– Estou bem. Sou Delegado em Brasília.
– Ah! É? Não é chato?

— Que nada! Tenho uma casa muito boa, mulher e filhos. Vou do trabalho para casa e fico lendo o jornal e aturando os garotos. Eles já estão na Faculdade...
Jones interrompe e repete:
— ... na Faculdade... — e examina detidamente a brasa do cigarro.
— Então você não vinha ao Rio há muito tempo?
— Não. Cheguei hoje de Brasília e resolvi dar um pulo aqui para matar as saudades.
— E seu pai, como é que está?
— Está aposentado, escrevendo as memórias.
— O velho PTB!... — os olhos perderam-se nas recordações.
— O velho PTB!... — Jones repete.
— É... cheguei ontem, comprei um carro. Hoje fiquei rodando pela cidade. A gente sempre acaba aqui no Astória.
— É mesmo. Cadê o garçom? — Jones levanta-se e vai até a copa do restaurante.
— E você, Gema?
— Sou arquiteto, em Brasília. Vim com Jones.
— Arquiteto mesmo, hein?
— É.
Jones volta com dois copos de uísque puro, o gelo chacoalhando alegremente,
Sentou-se e nota os três cálices vazios:
— Ainda Martini, hein? Não sei como seu fígado aguenta.
— Pois é. Não tenho fígado.
— Sempre leio seu nome nos jornais.
— Mas não lê meus livros, não é?
— Não tenho tempo, sabe como é... — Jones alçando os ombros.
Ele chama o garçom que estava à porta da copa e pede mais dois uísques, outro Martini e canapés:
— Jones, você vai fazer alguma coisa hoje?
— Não. Fui ao Ministério da Justiça à tarde e não tenho mais nada a fazer. Queria ver se desencavava alguma dona, mas o que adianta?

— E o pessoal, Jones?
— Vamos ver. O Bubi agora está na Rádio Jornal do Brasil: é locutor. Meu irmão está servindo em Porto Alegre.
— Qual é o posto dele?
— Tenente-Coronel.
— Já?!
Jones alisa os cabelos grisalhos:
— Já?! Hum...
Fez uma pausa e continua:
— O Caveira é diretor de uma Corretora de Valores. O Darcy...
— O Darcy eu sei. Está vivendo em Madri e aparece lá em casa quando vai tocar em Paris. Ele esteve comigo semana passada.
— Você chegou quando?
— Ontem.
— Ah! É mesmo?
Calaram-se quando o garçom voltou.
— Lembra-se do Garcia, Jones?
— Como apanhava o infeliz! como a gente batia nele!...
— Mas tive pena quando morreu. Mudou bastante o Astória com o João tomando conta.
— Nós é que mudamos.
— Nunca mais vi o João – ele agita a mão, afastando o que Jones dissera.
— Puxa! Ele está muito bem: cinco restaurantes, três boates. Faturando alto.
As mesas começavam a se encher e na varanda já se movimentavam cinco garçons e dois maîtres. A chuva continuava.
Entram uns rapazes e sentam-se barulhentamente na mesa ao lado.
— A nova geração – Jones aponta com o polegar.
— Não são de nada – Gema estudava a capacidade física dos rapazes.
Ele viu o vulto alto do maître e chamou-o:

241

– Jacaré! Mais!
O maître se volta e olhou-o interrogativamente, o smoking impecável, a camisa engomada:
– O senhor deseja alguma coisa?
Ele pigarreia:
– Mais bebida, sim?
– O Jacaré morreu há muito tempo, coitado. Foi o melhor maître do Astória – Jones o mira curiosamente.
– O tipo se parece com o Jacaré, não é?
– Mais ou menos – Gema interferiu – só que o Jacaré brigava bem. Nós nunca batemos nele, não sei por que – medita em conclusão.
Espocam palavrões na mesa dos rapazes.
– Mas... por que você me perguntou se eu tinha programa hoje? – Jones afastara a cadeira e agora encostava-se ao muro de tijolos à vista.
Ele apreciava uma garota que entrara e não respondeu. A garota usava calça comprida justa, de helanca rosada; era loura e a blusa esverdeada combinava com a pele de cor mate.
– Jones, olha só!
Os rapazes começaram a berrar e um deles vai até a garota e a segura pela mão. A garota sacudiu o braço e liberta a mão. Os que ficaram na mesa gritavam, afastando as cadeiras, socando o tampo e fazendo os copos tombarem ao chão.
O maître chegou-se à mesa, falou alguma coisa baixinho e os rapazes atiraram-lhe chope no smoking. O maître esmurra o que estava na cabeceira e os outros pulam em cima dele. Os garçons começaram a socar os rapazes.
Ele se levanta pesadamente e segura um dos rapazes pelos braços. O rapaz abaixou-se e deu-lhe uma cabeçada na barriga. Gema ergueu-se, deu uma cutilada no pescoço do rapaz e o rapaz tomba sobre a mesa. Rapidamente fica de pé e sai correndo junto aos outros, que já pulavam o muro baixo.

Ele e Gema sentaram-se novamente.

– Até que não estamos fora de forma – Gema esfrega a mão direita.

Ele abre o paletó e apalpa a barriga.

– Se o Jacaré nos visse neste momento brigando com os rapazes!... ele iria dar boas gargalhadas! – Jones o mira curiosamente.

– É!... – ele murmura – a gente defendendo o maître... – fez um muxoxo e ficou vendo a limpeza que os garçons faziam, recolhendo os cacos de vidro no chão e trocando a toalha suja da outra mesa.

– Mas, afinal, você queria fazer alguma coisa? – Jones insistiu.

Ele quis levantar-se mas a barriga doía; tornou a sentar-se: endireita os cabelos brancos:

– Vamos jogar buraco, Jones? – e bebe mais um cálice de Martini.

Relampejou seguidamente e a trovoada arrebenta-se no silêncio da noite empedernida.

BIBLIOGRAFIA

QUINTELLA, Ary. *Combati o bom combate*. Rio de Janeiro: Bonde/INL, 1971.

_____. 2. ed. Reflexões biográficas de Ivan Cavalcanti Proença. Rio de Janeiro: Livraria José Olympio Editora, 1974. 167 p.

_____. 3. ed. Apresentação "Um filho do século", de Wilson Martins. Rio de Janeiro: Record, 1981/1988. 173 p.

_____. Tradução de Janina Klawe. Wydawnictwo Literackie: Cracóvia, 1976.

_____. *Um certo senhor tranquilo*. Rio de Janeiro: Bonde, 1971.

_____. 2. ed. Apresentação de Rachel de Queiroz. Belo Horizonte: Comunicação, 1976. 90 p.; Montevideo: Editorial Cruz del Sur, 1977; Rio de Janeiro: Record, 1988.

_____. *Retrospectiva*. Estudo introdutivo de Ivan Cavalcanti Proença. Rio de Janeiro: Livraria José Olympio Editora, 1972. 170 p.

_____. 2. ed. Belo Horizonte: Comunicação, 1977.

_____. *Qualquer coisa é a mesma coisa*. Rio de Janeiro: Impacto Editorial, [s.d.].

_____. 2. ed. Belo Horizonte: Comunicação; Brasília: INL, 1979. 166 p.

_____. 3. ed. Rio de Janeiro: Record, 1989. 174 p.

_____. *Sandra, Sandrinha ou Câmera Lenta: Zum! Uma tragédia carioca*. Apresentação "O estilo da cidade", de Eduardo Portella. Capa e ilustrações de Weis. Belo Horizonte: Comunicação, 1977. 101 p.

_____. 2. ed. Rio de Janeiro: Record, 1983.

_____. *Cão vivo, leão morto*: era apenas um índio. Belo Horizonte: Comunicação, 1980.

_____. 2. ed. Belo Horizonte: Comunicação, 1981.

_____. 3. ed. Rio de Janeiro: Record, 1987. 51 p.

_____. Edição em braille. São Paulo: Fundação para o Livro do Cego no Brasil, 1982.

_____. *Titina*. Rio de Janeiro: Record, 1982. 80 p.

_____. 2. ed. Rio de Janeiro: Record, 1984.

_____. Edição em braille, São Paulo: Fundação para o Livro do Cego no Brasil, 1982.

_____. 7. ed. São Paulo: Global, 2001.

_____. *Mamma mia!* Apresentação "A propósito de um certo senhor intranquilo", de Marina Colasanti. Capa e ilustrações de Miti Enokibara. Rio de Janeiro: Record, 1982.

_____. 2. ed. Rio de Janeiro: Record, 1984.

_____. 3. ed. Rio de Janeiro: Record, 1998. 77 p.

_____. 2. ed. São Paulo: Global, 2001.

_____. *Amor às vezes*. Rio de Janeiro: Record, 1987.

_____. *Jornal de Domingo*. Rio de Janeiro: Record, 1991. 176 p.

_____. *Biba*. São Paulo: Global, 1994.

_____. 2. ed. São Paulo: Global, 1995.

_____. 3. ed. São Paulo: Global, 1997. 77 p.

_____. *Alemão*. São Paulo: Global, 1998. 22 p.

LIVROS PARADIDÁTICOS, ANTOLOGIA e TRADUÇÕES

QUINTELLA, Ary. *Amor que faz o mundo girar*. Belo Horizonte: Lê, 1990. 166 p.

QUINTELLA, Ary (Org.). *Melhores contos de Marques Rebelo*. São Paulo: Global, 1997. 215 p.

STEVENSON, Robert L. *A ilha do tesouro*. Adaptação e tradução de Ary Quintella. São Paulo: Scipione, 1996.

BURR, Chandler. *Criação em separado*. Tradução de Ary Quintella. Rio de Janeiro: Record, 1998.

COAUTORIA

CARVALHO, André; QUINTELLA, Ary. *Arte*. 6. ed. Belo Horizonte: Lê, 1988. 67 p.

_____. *Poder*. 7. ed. Belo Horizonte: Lê, 1988. 58 p.

_____. *Literatura*: um exercício de vida. 5. ed. Belo Horizonte: Lê, 1998. 62 p.

DIETRICH, Di; QUINTELLA, Ary. *Negrinha*. Belo Horizonte: Editora do Brasil, 1992.

_____. *Vupt*. Belo Horizonte: Editora do Brasil, 1992.

_____. *Sexualidade*. São Paulo: Saraiva, [s.d.].

DRUMMOND, Newton; QUINTELLA, Ary. *Colombo descobriu a Bahia*. Belo Horizonte: Editora do Brasil, 1992.

GAZZOLA, Regyna de Queiroz; QUINTELLA, Ary. *Por causa do amor*. Belo Horizonte: Editora do Brasil, 1993.

PUBLICAÇÕES NO EXTERIOR

"A torre de menagem", "Um certo senhor tranquilo". In: *Antologia de contistas brasileiros*. Wydawnictwo Literackie: Cracóvia, 1977.
BRAZILIAN AUTHORS OF THE 70S. *Review* (Spring.), 1977.
THE Keep. *Short Story International*, 10, p. 21-24, 1978.

SOBRE O AUTOR

Ary Guerra de Murat Quintella nasceu no Rio de Janeiro, no dia 25 de julho de 1933 e faleceu em 15 de setembro de 1999, aos 66 anos, vítima de câncer. Era filho do professor e autor de livros de matemática Ary Norton de Murat Quintella e de Margarida Guerra de Murat Quintella. Foi casado com a embaixadora Thereza Maria Machado Quintella e teve três filhos: Alfredo Machado Quintella, Teresa Cristina Machado Quintella, Ary Norton de Murat Quintella.

Ary teve a infância dividida entre a casa da Estrada Velha da Tijuca, no Rio de Janeiro, e a fazenda de Sant'Anna, na Zona da Mata, em Minas Gerais. Pode-se dizer que é um carioca com coração mineiro, ou, às vezes, vice-versa. Fez os estudos primários na Escola Pádua Soares (1940-1944). Estudou no Colégio Militar do Rio de Janeiro (1945-1951); na Escola Brasileira de Administração Pública/Fundação Getúlio Vargas (1952-1954); na Faculdade Nacional de Direito/UB (1954-1958); e na Escuela Diplomática, em Madri (1957). Fez o Cours de Civilisation Française, na Université de Paris/Sorbonne (1957-1958), e a pós-graduação, IV Curso de Direito Internacional/OEA/Fundação Getúlio Vargas (1977), além do XI Curso de Política e Administração Tributária/EIAP/Fundação Getúlio Vargas (1978).

Exerceu inúmeras e variadas atividades profissionais. Trabalhou na Confederação Nacional do Comércio; no Gabinete dos presidentes Brasílio Machado Neto e Charles Edgar Moritz (1958-1960); no escritório do corretor de fundos públicos Dreyfus Cattan, da Bolsa de Valores do Rio de Janeiro

(1960). Exerceu a função de preposto em exercício do corretor de fundos públicos César de Souza Rezende, na Bolsa de Valores do Rio de Janeiro, com 50% do escritório (1961-1963). Em 1963, foi diretor-comercial da Cifra S.A. Exerceu a atividade de membro do Conselho Consultivo da Catlandi S.A., bem como a de gerente-geral das corretoras daquelas financeiras. Foi sócio do escritório de advocacia Luiz de Souza Gouvêa (1966). Chegou a ser assessor político, legal e administrativo do Coordenador de Planos e Orçamento do Estado da Guanabara, Eduardo Portella Netto, e depois Secretário do Governo do Estado da Guanabara (1967-1969). Em 1971, passou a ser gerente de importação e exportação da Editora José Olympio e de suas subsidiárias, Encine Audiovisual e Didacta Sistemas Educacionais. Em seguida, foi gerente do Centro de Informações e Comunicação da Editora José Olympio e suas subsidiárias (1972), além de ter sido gerente-geral da Editora Sabiá, na fase de sua incorporação pela Editora José Olympio. Como assessor do Gabinete do Ministro de Estado da Fazenda, em 1975, serviu na PGFN. Foi membro do GT do projeto da atual Lei de S.A.; membro efetivo do Conselho Fiscal da Petroquisa, da Braspetro e da Embrafilme; membro de várias delegações do Brasil para negociação de acordos para evitar a dupla tributação de renda, além de membro do GT instituído pelo Ministro de Estado da Educação e Cultura, em que realizou estudos sobre a comercialização de livros no País (1979). Participou como delegado do Brasil na reunião da UNESCO para evitar a dupla tributação de renda auferida por direitos autorais, em Madri (1979). Foi assessor do Gabinete do Secretário da Receita Federal (1979-1985) e assessor da Comissão de Estudos Tributários Internacionais, do Gabinete do Ministro de Estado da Fazenda (1979-1988). Foi responsável pela Coordenação de Atividades Audiovisuais (ex-Concine), da Secretaria da Cultura da Presidência da República (1991); foi chefe da 5ª Superintendência/Rio de Janeiro da Secretaria da Cultura da

Presidência da República (1991-1992) e delegado do Ministério da Cultura no Rio de Janeiro (1992-1994). Na época do seu falecimento, trabalhava como chefe de gabinete da Secretaria de Estado de Saneamento e Recursos Hidráulicos do Rio de Janeiro; era Ordenador de Despesa da Secretaria e membro efetivo do Conselho Fiscal da Cedae. Sintetizando, pode-se dizer que Ary foi um advogado especializado em direito comercial, especificamente em Sociedades Anônimas e direito bitributário, trabalhando no mercado financeiro e assessorando vários gabinetes públicos, entre outros,.

Foi ainda membro da Ordem dos Advogados do Brasil/ RJ, do Sindicato de Escritores Profissionais do Rio de Janeiro, do Sindicato de Jornalistas do Estado de Minas Gerais e do PEN Clube do Brasil. Recebeu a medalha de Santos Dumont pelo Estado de Minas Gerais.

A ficção foi uma de suas paixões. É autor de inúmeros livros em sua maioria de ficção, alguns premiados e traduzidos. Foi primordialmente ficcionista, mas também colaborou em vários jornais e periódicos, no Brasil e no exterior: *Jornal do Brasil, Jornal do Comércio, Jornal de Domingo, Planeta, Livro de Cabeceira do Homem, Fairplay, A Pomba, Fiction, Crisis, El Cuento, Suplemento Literário de Minas Gerais, Crítica*, entre outros. Enfim, na escrita, Ary foi jornalista, romancista, contista, novelista, ensaísta e conferencista.

Recebeu os seguintes prêmios por *Cão vivo, leão morto*: Jannart Moutinho Ribeiro, 1980; "revelação de autor juvenil", da Câmara Brasileira do Livro; "destaque para livro juvenil", 1980, da Associação Paulista de Críticos de Arte; "altamente recomendável para jovens", 1980, da Fundação Nacional do Livro Infantil e Juvenil; copartícipe do "Jabuti para coleções", 1981, da Câmara Brasileira do Livro, concedido à série II da Coleção do Pinto, Editora Comunicação, Belo Horizonte. Foi um dos seis representantes do Brasil para o concurso mundial de "Melhor livro para jovens de 1980", da International Reading Association. Recebeu ainda as seguintes moções de louvor: Câmara Municipal do Rio de Janeiro, 1980; Assembleia Legislativa do Estado do Rio de Janeiro, 1980; Conselho de Cultura do Estado do Rio de Janeiro, 1980; Edição em braille, São Paulo, Fundação para o Livro do Cego no Brasil, 1982. Recebeu o seguinte prêmio por *Titina*: Prêmio Monteiro Lobato, da Academia Brasileira de Letras, 1983; e a moção "altamente recomendável para crianças", 1983, da Fundação Nacional do Livro Infantil e Juvenil.

Nota: As únicas "reflexões biográficas" sobre Ary Quintella são descritas poeticamente e com amizade e afeição por Ivan Cavalcanti Proença na 2ª edição de *Combati o bom combate*. Grande parte das informações aqui contidas foram gentilmente cedidas por seu filho, Ary, a partir do *curriculum* compilado pelo próprio Ary, pai, em 1999.

SOBRE A ORGANIZADORA

Monica Paula Rector nasceu em São Paulo. Doutorou--se pela Universidade de São Paulo, em 1970. Após essa data, passou a residir no Rio de Janeiro, onde obteve a livre--docência pela Universidade Federal do Rio de Janeiro, em 1975. No Rio de Janeiro, lecionou na Universidade Federal Fluminense, na Universidade Federal do Rio de Janeiro (tempo parcial) e na Pontifícia Universidade Católica (horista) até sua aposentadoria. Atualmente reside nos Estados Unidos e leciona na Universidade da Carolina do Norte, em Chapel Hill. No Brasil dedicou-se à Linguística, à Semiótica e à Comunicação Não verbal. Nos Estados Unidos trabalha com Língua, Cultura e Literatura dos países lusófonos. Publicou inúmeros livros e artigos no Brasil e internacionalmente.

Seus livros mais recentes são: *O fraco da baronesa by Guiomar Torresão* (2005), *Dictionary of Literary Biography. Brazilian Writers* (2005), *Dictionary of Literary Biography. Portuguese Writers* (2004), *Gestures: Meaning and Use* (2003), *Gestos: uso e significado* (2003), *Comunicação do corpo* (4ª ed., 2003), *Mulher, sujeito e objeto da literatura portuguesa* (1999).

ÍNDICE

Introdução 5

QUALQUER COISA É A MESMA COISA

A torre de menagem 45
Pont de Rouage 49
O juro é o perfume do capital 65
Qualquer coisa é a mesma coisa 69
Hirsch & Agesilau, cara de pau 94
Berdache 101
Mangueira 115

UM CERTO SENHOR TRANQUILO

Mas abanaram a cabeça 133
Às 23,45 no 434 135
Os lemingues 138
Blutwurst mit Sauerkraut 140
Um caso dúbio 147
Um certo senhor tranquilo 150
A visita ansiada 153
As curtas férias de Miss Young 154

Um recorde 160
O gato preto 162

RETROSPECTIVA

A caneca particular 171
Bom Natal, Mate Leão! 174
Kaddish, os bons burgueses & Breendonk 181
Um quindim para meu chofer 195
Le Pont Saint-Michel 197
Eu digo: un otro! 199

SANDRA, SANDRINHA

Sandra 205
Sandrinha 209

COMBATI O BOM COMBATE

Você tem Gauloises ou Gitanes? 215
Sábado, à noite 223
A passo, marcha, trote e cachapim 233
Vamos jogar buraco, Jones? 238

Bibliografia 245
Sobre o autor 249
Sobre a organizadora 253
Índice 254